幕命奉らず

箱館奉行所始末4

森 真沙子

時代小説

二見時代小説文庫

目次

箱館奉行所始末4・主な登場人物

箱館奉行所《はこだてぶぎょうしょ》……享和《きょうわ》二年（一八〇二）、将軍家斉《いえなり》の世に、それまで松前《まつまえ》藩に委《ゆだ》ねられてきた広大な蝦夷《えぞ》は幕府の天領《てんりょう》（直轄地）となり、箱館に初めて奉行所が開かれた。ロシアが軍艦を率いて開国を迫ったのは、箱館奉行所が開かれた直後だった。この奉行所は二十年続いたが閉鎖され、再び開かれたのは三十年後の安政《あんせい》元年（一八五四）。この奉行所を守るために幕府は十八万両をもって日本初を誇る堂々たる洋式城塞・五《ご》稜郭《りょうかく》を築いたのである。ペリー来航の圧力であった。

小出大和守秀実《こいでやまとのかみひでざね》……箱館奉行所第九代の奉行。二十九歳で奉行に抜擢《ばってき》されたのは、神奈川宿で起きた生麦《なまむぎ》事件の際、御目付外国掛として英国領事との交渉に立ち合った手腕を買われてのこと。少壮気鋭の知的で精悍な人物。

支倉幸四郎《はせくらこうしろう》……本シリーズの主人公。五百石の旗本支倉家を継いだばかりの二十三歳で箱館奉行所の支配調役《しらべやく》として蝦夷に渡る。剣は千葉道場で北辰一《ほくしんいっ》刀流《とうりゅう》の腕。小普請《こぶしん》組から外国奉行の書物方に任じられて二年めに、箱館行きを命じられた。小出奉行のもとで様々な事件に出会う。

幕命奉《たてまつ》らず——箱館奉行所始末4

第一話　想いのとどく日

一

慶応《けいおう》二年（一八六六）三月末、江戸城御用部屋──。

広い御殿の最奥にあって、御用部屋と呼ばれる二十畳ほどの広い一室が、老中たちの執務室である。

中央には囲炉裏《いろり》が切られており、重大な密議をこらす時には、証拠を残すのを恐れ、その灰の上で筆談がなされた。

この日、登城を告げる四つ（午前十時）の太鼓が打ち鳴らされた時、部屋にはすでに老中三名と北町南町の両奉行が顔を揃えていた。

五人の表情は一様に固く、顔色も冴えない。

「……して、それは確かなのか？」

重苦しい沈黙を破ったのは、老中首座の水野忠精《みずのただきよ》を差し置いて、十歳年上の老中板倉勝静《いたくらかつきよ》だった。

〝寛政《かんせい》の改革〟の松平定信《まつだいらさだのぶ》の孫で、〝安政《あんせい》の大獄《たいごく》〟の時には、井伊《いい》大老に真っ向から異を唱え、寺社奉行を罷免された剛の者である。

問いかけられたのは、北町奉行池田播磨守《いけだはりまのかみ》と南町奉行山口駿河守《やまぐちするがのかみ》で、二人は一瞬、譲り合うように顔を見合わせた。

「お手元の書付けに記した通りに、相違ございません」

池田が先に口を開いた。

「先般、外国公館の襲撃を企てた水戸《みと》の浪士どもは、密偵の情報により七名全員、召し捕りました」

「ならば外国人の大量殺戮《さつりく》は、未然に防げたであろうが！」

「ところが念のため、ちと痛めつけましたところ、恐るべきことを白状致しました。手入れの直前に、離脱した者が一名いたと……。すなわち幕府を窮地に陥れる真の敵はその者であり、この七名は、公儀の目をくらませる〝囮《おとり》〟に過ぎなかったのです」

「その者が蝦夷《えぞ》地へ……」

板倉が、結論を急ぐように言った。

「左様でございます」

と南町奉行の山口が引き取って、早口で説明を始めた。

「経過を申しますれば、その一名は、今回捕縛した七名の、首謀者の立場にあった者。直前まで行動を共にしていて、突然手の平を返すごとく降りてしまったと……」

仲間たちは、口をきわめて罵《ののし》った。

だが、当人はやる気満々でこう嘯《うそぶ》いたという。

「江戸近辺は警固が厳しく、成功の確率は極めて低い。ゆえに俺は下りる」

「つべこべ言うが、臆病風《おくびょうかぜ》に吹かれたんだべ」

「このつらっ恥ねえが！」

と刀に手をかけて詰め寄られ、

「いずれ分かるべい。おぬしらこそ、もっと目を開け。異人が多勢いて、しかも防備がはるかに手薄な場所が、他にもあっと」

「どごだ、それは？」

「公儀の目は、横濱《よこはま》、神戸《こうべ》、長崎《ながさき》しか見ておらん。北の玄関口は、がら空きだ。異人どもは野放しで、その成敗《せいばい》など赤子の手を捻《ひね》るようなもんよ」

皆は顔を見合わせたが、すぐに一人が言いだした。

「それは慧眼《けいがん》の至り……。だが、一人でやる気か?」

「向こうに仲間がおるし、爆裂弾一個で、領事館は吹っ飛ぶ。おぬしらは計画通りに、横濱に公儀の目を引きつけてくれ。おれは明日にも江戸を発つ」

「おれらは囮というわけか」

「まあ、そうも言えるが、最後は逃げろ。まだやることは幾らもある。一月《ひとつき》もすれば、北から面白い便りが届くぞ」

「北と申せば蝦夷地箱館《はこだて》。ゴロツキどもが、箱館をそう侮《あなど》っておるのはもっけの幸い……」

弱点を衝《つ》かれて板倉は、負け惜しみめいた言葉を吐いた。

「なるほど箱館は海に囲まれ、海防は難しい。だが手薄ではない。あの奉行所には然るべき者を遣わしておるゆえ、こんな手合いにしてやられるような醜態《しゅうたい》はござらんぞ」

二人の老中が頷くのを見て、桜が咲きだした坪庭に目を向けた。

実際、ロシアの脅威に立ち向かう箱館奉行には、歴代、選り抜きの幕臣が配されてきたのである。

現奉行の小出大和守《こいでやまとのかみ》も、三十前後の若さでめざましい実績を挙げ、その評判は幕閣にも聞こえていた。

四十を過ぎた板倉老中は、この小出の再三再四にわたる熱心な建白《けんぱく》に動かされ、長く放置してきたカラフト国境問題に、ようよう取り組む覚悟を固めた。小出本人をかの地に送り、下交渉にのぞませようと。

それについては、すでに幕命を発している。

その後釜《あとがま》に白羽の矢が立ったのは、主席目付として板倉の懐《ふところがたな》刀だった杉浦《すぎうらひょうご》兵庫頭《のかみ》である。かれはすでに江戸を発って、今は北に向かいつつあった。

こうした磐石《ばんじゃく》の布陣が、やっと作動し始めた矢先である。

薩摩《さつま》長州《ちょうしゅう》の反逆に手こずっている折から、各地に火の手を上げる尊攘《そんじょう》派の浪士の動きは、目障りきわまりない。

〝ネズミどもが！〟

とかれは思わざるを得ない。

〝米蔵から出たことのない世間知らずの攘夷《じょうい》ネズミどもが、寄ってたかって幕府の米俵を齧《かじ》りおる〟。

「もとより箱館の警備に手抜かりがあるとは思わぬが、ゴロツキどもの妄言《もうげん》に惑わされるな！」

板倉は叱責するように、扇子の先で畳を打った。

「むろん、初めは妄言と考えました」

池田は粘り強く抗弁した。

「しかし念のため、その男の名を聞き出そうと、なかなか口を割らぬ捕縛者を厳しい責めにかけ、最後にはふぐりの片方を少しばかり……」

と言いかけ、老中らの苦々しげな顔に気がついて、口を噤《つぐ》んだ。

「……何とか口を割らせ、その名前の素性を洗ったところ、これが只者《ただもの》ではなかったのでございます」

「誰だ、その者は」

水野老中が腕組みして問うた。

「天狗党《てんぐとう》の生き残りにございます」

「天狗党の……？」

老中らは冷水を浴びたように、顔を見合わせた。

そう言われて思い当たるのは、〝神尾新之介《かみおしんのすけ》〟しかいない。

知る人ぞ知る、尊攘派の激派として名をはせた水戸藩士であり、二年前〝水戸天狗党〟に身を投じて大暴れした。

天狗党は水戸藩ばかりか、各地の浪士や農民を巻き込んで大掛かりな徒党を組み、筑波山《つくばさん》に挙兵した。天皇への直訴《じきそ》のため京へ向かう途上、幕府の追討軍に阻《はば》まれ、半年に及ぶ逃亡転戦の果てに、敦賀《つるが》（福井）で降伏。血みどろの終幕を迎えた。

幕府の沙汰《さた》は苛烈なもので、首謀者ら三百五十二人に斬殺を命じ、その首級《しるし》はことごとく塩浸けで水戸に送られ、晒《さら》されたあげく、那珂川《なかがわ》に捨てられたのである。

だが参謀の下で、勇猛果敢な指揮で幕軍を翻弄《ほんろう》した神尾の首は、その中にはなかった。降伏に強硬に反対し、その直前に忽然と姿を晦《くら》ましたという。

幕府は全国に人相書を回し追跡したが、今も消息は知れない。

さんざん手こずらされた〝威名〟に思いがけず遭遇し、老中らは、死神に出会ったような表情を消せなかった。

「その〝天狗〟は今まで、どこに潜伏していたのか？」

水野老中が問う。

「攘夷派として、長州か薩摩に匿《かくま》われていると推測しておりましたが、まさかお膝元で、かような謀議をこらしていたとは……」

池田の声が沈んだ。

「不覚でございました」

「北へ向かったというが、足取りは摑めておるのか?」

「いえ……」

池田は首を振った。

「七名が、神尾と別れたのは三月半ばと申し、それからすでに半月たちます。連中を捕縛した時点で、すでに江戸を離れており、仮に船を使っておれば、すでに箱館に潜入しておると考えられます」

「……ただちに箱館奉行所に急便を送れ」

水野は池田に命じ、板倉に顔を向けた。

「御用状が届くのは七日後と考えると、奉行は……」

「まだ小出でしょう」

板倉が頷《うなず》いて言った。

「命運は、箱館奉行にかかっておるわけだ」

一同は口を閉ざし、再び重い沈黙が座を支配した。

二

「あははは……」

と調役詰所《しらべやくつめしょ》に笑い声が上がった。

四月に入って箱館にはポカポカ陽気が続き、雪解けの湿った季節が去り、暖かい春の到来が感じられた。

この陽気に浮かれてか、昨夜古参の調役が数人と呑みに出掛け、酔っぱらって皆で上半身裸になり、かっぽれ踊りを踊ったという。

どうやら席についた若く美貌の酌婦に、自慢の筋骨隆々の身体を見せ、優劣を競ったらしい。

その後、羽織を着た覚えはあるが、家に帰ってみると二枚重ねて着込んでいたという。

「では、着ないで帰った者がいたってわけですか」

支倉幸四郎《はせくらこうしろう》が手を止めて、呆れたように問うと、

「そういうことだ。羽織の紋からして、そやつが誰かはすぐ分かった。そこで今しが

た返しに行ったのだが、やつは、羽織を着ないで帰ったことに、今まで気がつかなかったそうだ」

また笑声が上がる。

「軽々に他人のことは申し難いが、しかし幾つになっても目出たい奴はいるものだな」

あははは……と皆はまた声を上げて笑った。

この調役は、他人の雪駄《せった》を間違えて履いて帰る常習犯で、皆の顰蹙《ひんしゆく》をかっている最も〝目出たい奴〟なのである。

その時、近習の源七《げんしち》がそばに来て、囁《ささや》いた。

「支倉様、奉行がお呼びです」

まだ笑いを浮かべたまま頷いた幸四郎は、すぐ顔を引き締めて立ち上がった。

「……このところ奉行交替の雑務で、多忙であろうな」

小出奉行は幸四郎を眉ごしにチラと見て、また書き物に目を落とし、軽い口調で言った。

「いえ、左様なことはございません」

気持ちよくお奉行を見送りたく……の言葉を呑み込んだ。

小出はこの先、箱館奉行の重職を離れ、ロシア南下に揺れるカラフト視察に向かうことになっている。

今はその準備が着々と進んでいた。後任の奉行の着任を待ってカラフト行きの船に乗る予定で、現地を視察してから国境問題の下交渉にのぞむのである。

今まで以上の重責が、かれの肩にはかかっていた。

その家族はすでに四年住んだ役宅を出て、今は陸路、江戸へ向かいつつあった。折から次の奉行の一行が北上中であり、両者はどこかの街道か宿場ですれ違うのだという。

「ところで、そなた、私の記憶違いでなければ、北辰一刀流《ほくしんいっとうりゅう》ではなかったかな」

小出は濃い一文字眉を少し曇らせ、まだ手元に目を落としたままで言う。

こうさりげなく切り出される時は、大抵が難問であると、これまでの経験から幸四郎は悟っていた。

「はい、その通りにございます」

「お玉が池の玄武館《げんぶかん》だな」

「はい、お玉が池に通いましたが、それが何か……?」

「ふむ、玄武館は、水戸の巣窟《そうくつ》ではなかったかな」

「ああ、そういえばその通りでした」

不審そうに頷く幸四郎をチラと見て、小出はやっと一通の書状を差し出した。

「今朝、港に入った船が、この御用状を携《たずさ》えてきた。板倉様の御署名で、緊急事態の発生を知らせてきたのだ。まあ、まずはざっと目を通してみよ」

膝行《しっこう》で書状を受け取り、元の座に戻ってそれに目を通した。

そこに書かれていたのは、以下の通りだ。

〝天狗党の生き残りで手配中の浪士一名が、三月半ばに箱館に向かい、すでに到着している可能性がある。その目的は、幕府の転覆にあると見られる。

外国公館を襲撃して外国人を殺戮することによって、幕府に打撃を与えようと、すでに大量の爆裂弾を、箱館に持ち込んでいる可能性もある。

男は単身と見られるが、現地には志を同じくする仲間や、資金提供者がいる恐れあり。

名は神尾新之介、三十一歳。元水戸藩士。

剣術は、お玉が池玄武館にて、北辰一刀流を免許皆伝《めんきょかいでん》。

身の丈《みのたけ》はほぼ六尺、色黒く、目つきは鋭い。

草の根分けて探し出し捕縛せよ。

なお身柄は護送の要なし。〃

最後の署名は、老中板倉伊賀守《いがのかみ》勝静、北町奉行池田播磨守、南町奉行山口駿河守の連名だった。

一陣の熱風が、体内を吹き抜けたようだった。

書状に目を釘付けにしたまま、幸四郎はしばらく沈黙していた。すぐには言葉が出なかったのだ。書状を持つ手が震え、最後の一文が目の中で踊っている。

〃草の根分けて探し出し捕縛せよ、身柄は護送の要なし〃

つまり、箱館で始末せよというわけだ。

神尾新之助、水戸藩、北辰一刀流、天狗党……。そんな言葉が、脈絡もなく脳裏を駆け巡った。

「もしやその名に覚えがないか。あれば正直に申せ」

小出はまっすぐに目を向け、持ち前のやや甲高い声で言った。

「はっ」

身がすくむように感じ、平伏して畳の目を見つめ、鋭い小出の視線を避けた。

だが思いも寄らぬ名前に不意に対面した衝撃は隠せず、表情にも態度にも、深い驚きが滲み出た。

〝神尾〟とは、あの神尾か？

あの久留米絣《くるめがすり》の似合う、颯爽《さっそう》たる剣士神尾新之助か？　いや、何かの間違いだ。間違いに決まっている。まさかあの神尾が、このような書状に名前が載るはずはない……。

そんな動揺を小出が見逃すはずはない。

「昔のこととはいえ同門だ。免許皆伝の腕前であれば、その名前は響いていただろう」

「御意《ぎょい》、しかと覚えがございます」

「それは重畳《ちょうじょう》。予想した通りだ」

予想が的中して、小出はひとまず愁眉《しゅうび》を開いた。

「しかし神尾はそんなに強いか？」

「はい、総じて水戸衆は強豪揃いで、われら旗本組は押され気味だったように記憶します。中でも神尾の技量は、飛び抜けていたようでした」

「うむ、なるほど」

思いを巡らすように、小出は頷いた。

「書状によれば、この神尾は〝天狗党〟を生き残った尊攘激派、外国人殺傷をもっぱらとする……。箱館は各国領事館の居並ぶ北の拠点だ。事《こと》を起こさぬうちに、召し捕らえねばならぬ。顔を見知っておれば都合も良かろう。神尾の捕縛を、そなたに命じる」

「はっ」

内心、汗の飛び散る思いだった。

「しかもこれには刻限がある。後任の杉浦殿は、今月半ば過ぎには到着される由《よし》。このような剣呑《けんのん》な捕り物を、新奉行に引き継ぐわけにはいくまい。着任までには、何としても決着をつけなければならない」

「御意……」

「ただ、現在は奉行引継ぎと、カラフト行きを目前にしており、総力挙げては取り組めない。まずはそなたの任をすべて解くゆえ、この一件に専念してもらいたい」

「はっ」

「何か疑念があれば、遠慮なく申せ」

「われらの面子《メンツ》にかけても、早い捕縛が急務と心得ます。まず知りたいのは、当地で資金援助する者の有無ですが、例えば水戸びいきの有力商人などを探る手だては……」

「ない。水戸の商船は入って来ておらぬ。一つも手掛かりがないのが、現実だ」

小出は幸四郎をじっと見据えた。

「ちなみに訊くが、この状態で、そなたはまずどう動く？」

「はっ、そう……箱館への入り口は、箱館、江差《えさし》、松前《まつまえ》の三港がございます。賊はこのいずれかの港から、名を変え、身を窶《やつ》して船で入った確率が高いと考えます。そこでまずはこの三港の沖の口で、入国者の名簿を調べ、不審者を見つけ出すことが肝要かと」

「うむ」

小出は頷いた。

「……で？」

「商人旅人としてではなく、船の水夫として入ってくる可能性もございます。そこで商船に通じた福島屋《ふくしまや》に協力を頼み……」

福島屋と言えば、箱館随一の海産物問屋である。初代福島屋嘉七《かしち》、二代目嘉七ともに優れた商人で、海産物の売買で豪商にのし上がり、町年寄、産物会所の元締などを歴任して、この町に貢献してきた。

「相分かった。その方法は、すべて外せ」

　小出が言った。

「えっ？」

「天狗党の動乱を生き抜いた男だ。そなたがすぐ思いつくような方法では動かぬ、と肝《きも》に銘じよ。いま挙げたことを捨てたところから、始めることだ」

「は……」

　すでに小出はそれらを手配済みだった。そこからは何も出て来ないと知りつつ、念のための押さえである。

「どのような手を使ったにせよ、敵は先刻この町に潜入していると考えるべきだ。組《くみ》頭《がしら》の橋本《はしもと》が掩護《えんご》しよう。よく相談して、内密に事を運べ」

「はっ……」

　小出の言葉が、遠くに響いた。

この季節でも、夜になれば火の気がほしかった。

幸四郎はその夜、熾《お》き火だけのほんのり暖かい囲炉裏《いろり》のそばで、茫然とした気分で晩酌を重ねていた。

三

神尾新之介。その名との、何と久しく、何と残酷な対面であろうか。神尾との初めての出会いは、幸四郎が千葉周作《ちばしゅうさく》の『玄武館』に入門した年だったから、十六の時である。

あれから十年たつのか。

互いに、思いもよらぬ春秋に富んだ歳月を生きてきたようだ。まさかその先に、こんな測り知れぬ運命が待ち受けていようとは。

十年の間、互いに全く消息を知らずにいたのに、知ってみれば宿敵同士。いきなり自分が神尾を斬るか、斬られるか、の過酷な巡り合わせになったのだ。

だが思いみれば、せせらぎの細い源流は、あの頃にあったような気がしないでもない。

初めてお玉が池の道場に足を踏み入れた時、何より圧倒されたのは、門弟の中で一大勢力になっている水戸藩士たちの、並外れた逞しさと強さだった。

なぜ千葉道場に、水戸藩士が多かったか。

それはひとえに藩主徳川斉昭《とくがわなりあき》が、北辰一刀流に惚れ込み、創始者の千葉周作を藩の剣術指南に迎えたことによる。

剣術につきものの精神主義を脱した、合理的な技術指導。免許皆伝までのややこしい手続きを省《はぶ》いた単純明快さ。そんな新しさが、昨今の騒然たる時流に合っていた。

斉昭のおかげで、北辰一刀流の名声はさらに上がり、玄武館は江戸三大道場の筆頭に数えられたのだ。

道場には、水戸藩江戸詰の若い藩士ばかりでなく、諸藩の藩士、旗本の子弟、裕福な町民の子弟までが殺到し、門弟はのべ数千人にも上ったのである。

中で幅を利かしていた水戸藩士は、幸四郎とはせいぜい四つ五つしか年が違わないのに、ずいぶんと大人っぽく、質実剛健に見えたものだ。かれらを見ていると、自分ら旗本の子弟が、将軍のお膝元でぬるま湯に浸かっているのがよく分かり、互いに別世界の人間のようだった。

かれらには〝水戸っぽ〟と言われる、水戸人の〝三ぽい〟気質が表れていた。怒りっぽい、理屈っぽい、骨っぽい……。それが独特の水戸弁に乗って、増幅されているようだった。

中でとりわけ目を惹《ひ》いたのが、首領格の神尾である。

かれは、その頃、江戸に流行していた久留米絣が好みだったらしい。着る物には無頓着な汗臭い連中の中で、いつも六尺近い長身を、白い斑紋が微《かす》かに浮く藍色《あいいろ》の着物で包んでいた。

それがまた、浅黒い肌、彫りの深い精悍な風貌をよく引き立たせていたように思う。

また竹刀《しない》を握って稽古《けいこ》に入ると、その技量は飛び抜けていた。

当時、玄武館を率いていたのは次男栄次郎《えいじろう》と三男道三郎《みちさぶろう》だったが、二人は水戸藩士を手厚く遇する傾向があり、特に神尾などは別格の扱いだった。

旗本子弟組には、それが面白くない。えこひいきを憤る声が絶えなかったが、そうした険悪な空気はまた相手方にも伝わって、聞こえよがしの陰口が返ってくる。

「ろくに腕も立たんくせに、直参《じきさん》を鼻にかける腑抜け旗本が……」

旗本組も負けてはいない。

「汗臭い水戸のイノシシ侍が……」

両者の間には、いつも不穏な火種が燻《くすぶ》っていた。

そんな空気を幸四郎も知らぬではなかった。しかしまだ入門したての新米で、斬新で刺激的な玄武館の鍛錬に、ともかく無我夢中だった。

精進の甲斐あって着々と頭角を現し、入門から半年を過ぎる頃には、旗本組には点の辛い栄次郎も、一目《いちもく》置く存在になりつつあったのだ。

そんな中で〝事件〟は起こった。

ある秋の一日、新しい稽古場開きの祝いに、各藩対抗の勝ち抜き戦が催されることになった。

玄武館の門弟でとりわけ多かったのは水戸藩だが、尾張《おわり》、加賀《かが》、熊本《くまもと》、薩摩《さつま》がそれに続く。この四藩に地元の旗本子弟組を加えた六組が、それぞれ五人の代表を選び、総当たりで最強の座を競う。

頂点に立った藩には、金一封と酒の四斗樽《しとだる》が贈られる。

花相撲にも似た道場開きの余興だが、水戸軍団の圧勝が目に見えていて、他藩の間には白《しら》けた空気が漂った。

だが逆に奮起したのが旗本組だ。日頃から囁かれる〝軟弱もの〟の罵言を返上しようではないか、と盛り上がった。

幸四郎ら若輩が、代表となった先輩らの稽古台を務め、にわか仕立ての猛特訓が始まった。ところがその最中に、思わぬ事態が生じたのである。

出場予定の一人が、稽古中に目を負傷し、出られなくなったのだ。急遽、代役に抜擢されたのが幸四郎であり、誰より本人が驚く番狂わせとなった。

晴れの当日――。

幸四郎は五人のうち〝次鋒《じほう》〟と呼ばれる二番手で、〝勝たなくてもいいが負けるな〟と言われて出た。色白で体つきも華奢《きゃしゃ》で、まだ少年の面影を残していたから、相手は舐《な》めてかかったようだ。

だが思いがけずしなやかな竹刀さばきでその相手を撃退し、二戦も勝ち進む活躍を見せた。その結果、もともとやる気のない諸藩は呆気なく脱落。予想通り圧倒的な強さで勝ち上がって来た水戸組と、意気軒昂な旗本組との、頂上決戦となったのである。

この勝敗の見分役は〝千葉の小天狗〟栄次郎だったから、道場内はこれまでにない緊張感に包まれた。

一番手として旗本組からは順序通り〝先鋒〟が登場した。

ところが水戸組から進み出た者を見て、満場がどよめいた。

なんと、いきなり大将の神尾が姿を現したのだ。

試合には通常、先鋒、次鋒、中堅、副将、大将の順で出て、大将は最後まで温存される。しかしこの日の水戸組は、神尾の出番がなかった。他藩が弱すぎて、大将を待たずに、勝敗の決着がついてしまったのだ。

そこで決戦では初めから大将が登場し、神尾一人で旗本組を叩き潰し、五人抜きの離れ技を披露しようと目論《もくろ》んだ。

この不敵な挑戦に旗本組は蒼ざめた。神尾ひとりに五人が束ねられるなど、舐められるにもほどがあろう。

皆が歯噛みする中、ひとり平然としていたのが当の幸四郎だった。かれは内心、この勝負に胸躍らせていた。通常通りに進めば、大将まで行かずに負け、神尾と手合わせする機会は巡ってこない。

これは神尾と対戦し得る、最初で最後、千載一遇《せんざいいちぐう》の好機……。

いよいよ決戦の火ぶたは切られた。

旗本組の〝先鋒〟はこの日、なかなか好成績を上げていたが、出ばなから敵将との対戦で力《りき》み過ぎ、面を打たれてあえなく敗退。すぐに〝次鋒〟の出番となった。

六つ上の神尾は堂々たる体軀であり、それに比べて幸四郎はあまりに華奢《きゃしゃ》でひ弱に見え、侮蔑《ぶべつ》の視線が一斉に注がれた。

「こんな青二才、さっさと畳んじまえ」

そんな聞こえよがしの〃囁き〃を押さえるように、見分役の栄次郎の声が高く響き、対戦は始まった。

神尾は基本形である中段正眼《せいがん》の構え、対する幸四郎は、竹刀をいきなり上段に構えた。

幸四郎本人にも予想外の構えだが、とっさの直観だった。

一番手をあっさり討ち取った神尾の素早い竹刀の動きを見れば、同じ中段の構えで立ち会っても、到底勝ち目はない。自分は相手の意表を衝くことで、万が一の勝機を狙うしかない……と。

両者はつま先を動かしながら、わずかに前後の移動を繰り返し、慎重に間合いを取り合った。すぐに打ち込んでくるかと思われた神尾も、意外に慎重にこちらの動きをじっくり見定めている。

幸四郎は上段の構えのまま左手を外し、右手一本で構えながら、一歩後ずさった。緊張に耐えかねて疲れが出たと見えたその瞬間、鋭く、神尾の竹刀が幸四郎の胸元に迫った。

その動きを待ち構えていたように、右手だけで上段に構えていた竹刀が、ほとんど同時に神尾の面に振り下ろされた。

疲れたと見せかけて相手を誘い込み、一瞬の機を捉えて一《いち》か八《ばち》かの勝負に出たのだった。

「相討ち、勝負なし！」

栄次郎の声が飛んだ。

思いがけぬ展開に、道場は大きくどよめいた。

幸四郎が紙一重の差で勝っていたと見る旗本側からは、悲鳴に似た声が上がったが、道場主の判定は絶対である。

二人は再勝負となったが、先の一戦で精も根も尽き果てた幸四郎は、もはや呆気なく神尾に打ち負かされた。

神尾はその後も勝ち進み、五人抜きを見事に達成した。対抗戦は水戸藩の圧勝に終わったのである。

先に引き揚げた先輩たちの残した用具の片付けをしながら、幸四郎が心地よい疲労と高揚に浸っている時、傍らに誰かが立った。

はっとして見ると、神尾だった。

「一本目はおぬしの勝ちだ」

神尾はそんな思いがけぬ言葉を、やや強い水戸訛《なま》りで言った。

驚いて幸四郎は、黙って頭を下げた。

「であるから、本日は勝負なしだ。決着はいずれまた……どこかでつけるべい。それをおぬしに言いたくてな」

言って、かれは微かに白い歯を見せた。

その言葉の爽やかさに、幸四郎は感動していた。何と潔《いさぎよ》い男だろう。胸が一杯で、とっさに何と言っていいか分からず、

「本日はお手合わせ頂き、ありがとうございました」

とだけ言ってまた頭を下げたのである。

神尾は黙って頷くと、仲間達の方へ大股で歩き去った。

いつもの久留米絣に包まれた偉丈夫な後ろ姿が、じっと見送る目に熱く焼き付いた。

だがその後、神尾と勝負する機会は巡ってこなかった。

あの対抗戦からほどなく、国元へ呼び返されたからである。藩の重要な職責についた、と人づてに聞き、あの神尾ならさもありなん……と遠い山を仰ぐような心地になったのを覚えている。

その後、神尾は脱藩したらしいと噂に聞いた。

かれは藩でも名うての論客だったことが思い出され、過激派に投じたものかと想像したが、その消息は知るところがなかった。

四

奉行としての小出の対応は早かった。

翌朝には外国公館に向け、英文の〝触れ〟が配られたのである。

神尾のことにはいっさい触れずに、

〝最近、江戸での攘夷派の動きが過激化している。いつ箱館に飛び火しないとも限らぬ情勢であるから、夜間の外出や建物の警備、銃器の扱いには、今まで以上に注意を払うよう望む〟

と注意を喚起《かんき》する内容だった。

また奉行所内には、神尾の新たな手配書が貼り出され、これは市中に何軒かある銃砲店にも配られた。

幸四郎はまず、定役の杉江《すぎえ》と下役の藤堂《とうどう》を専任にさせてもらい、協力しそうな豪商に関して幾つか調べ事を命じた。

それからしばらく書類を睨んで考え込んでいたが、八つ（午後二時）頃、やおら腰を上げ、藤堂を供にして馬で出掛けた。

『西太平洋商会』の支配人トーマス・ブラキストンを、大町《おおまち》のロシアホテルに呼び出したのである。

このイギリス人は製材業と貿易業を営むかたわら、熱心な鳥類研究者としても知られる。珍しい鳥を追うのに熱中するあまり、外国人に許された自由遊歩地区の外にしばしば出没し、苦情が奉行所に殺到するのだった。

つい最近も、江差から目撃情報が届いている。

そのたびに小出奉行は、幕吏を差し向け注意するのだが、今回は幸四郎にその役が回ってきていた。

しかしブラキストン製材所は、蒸気機械による日本初の製材工場とあって、技術を学ばせるため奉行所から多くの伝習生が送り込まれ、働いているため、あまりきつい叱言も言えない。

それに乗じてかれは、達者な日本語と、持ち前の独特な愛嬌《あいきょう》で、煙に巻いてしまう。〝木挽《こび》きさん〟と地元では呼ばれ親しまれているが、母国の密偵との噂もあり、幾つもの顔を持っているようだ。

今回、幸四郎には考えがあった。

「ミスタ・ブラキストン。このお触れをご覧ください」

藤堂を入り口待合室に待たせ、窓際の席で向かい合うと、幸四郎は例の触れ書きを渡して、おもむろに切り出した。もちろん日本語である。

ブラキストンは、大きな手でそれを拡げ目を通している。

「最近は、内地で攘夷論者が暴れており、この蝦夷地にも現れかねぬ勢いだと、ここにあるでしょう。連中は外国人を目の仇《かたき》にしているから、いつ襲われないとも限りません。それが自由遊歩地区の外であれば、奉行所では責任取れませんよ」

「いや、すまんすまん……」

ブラキストンは目を上げて髭もじゃの顔を笑み崩し、分厚い肩を竦《すく》めた。

「境界を出たくて出たんじゃありませんよ。鳥は飛びますからね、追ってるうち気がついたら出てたんです」

「もっと早く気がついて頂きたい」

「分かりました。以後気をつけますから、お奉行にはよく謝っておいてください」

「くどいようですが、トーマス・ブラキストンはただの個人ではない。その身に何かあれば、わが方は、イギリスに賠償金を払わねばならんのですぞ」

「オーケーオーケー、ハセクラさん、そう怒らないでください。ここのコーヒー代は、私が払います」

またウヤムヤになりそうな雲行きだが、ここからが、この人物を呼び出した本領である。

「時に、ミスタ・ブラキストン。探検隊に入る前は、イギリス近衛《このえ》砲兵隊で大尉《たいい》だったそうですね」

「ああ、その通り。クリミア戦争で少々戦功を挙げたものだから」

「イギリス陸軍は、惜しい人材を、探検隊に奪われたということですね」

「ははは、軍隊より鳥の方が面白いです」

かれは触れ書きを四つに折り畳みながら、笑った。

「ああ、そのお触れはお持ちください。ところでクリミア戦争では、噂のアームストロング砲をお使いになったのですか？」

「………」

ブラキストンは少し驚いたように、青い目を剝《む》いた。

アームストロング砲は十年ほど前、イギリスで発明された大砲で、その威力はクリミア戦争で試された、と言われている。かれが当時の砲兵隊大尉であれば、それを扱ったとみて当然だろう。

「いや……私は運んだだけです。それにあの大砲が実用化されたのは、クリミア戦争から四、五年後でしたよ」

と相手は曖昧《あいまい》に答えた。

「なるほど。いや、他意はありません。こんな時代ですから、武器のことはよく話題になるのですよ」

この大砲については、奉行所でもよく研究していた。

三年前の薩英《さつえい》戦争でも、イギリス海軍はその大砲を使ったと言われる。だが日本にはまだ入っておらず、次の長州戦ではフランス仕込みの〝四斤山砲《しきんさんぽう》〟を使うようだ、と噂されていた。

といって幸四郎は、特に大砲に興味があるわけではない。

ブラキストンに踏み込む気になったのは、このイギリス人が持っている幾つかの顔の一つが、引っ掛かったからである。

あのイギリス人は〝武器弾薬の密売人〟でもあるらしい、と最近噂されているのだった。

西太平洋商会のアキンド号は、箱館から製材や昆布などの海産物を運んで上海《シャンハイ》で売り、上海からは居留外国人向けの必需品を積んで帰る。だが実は、それが〝武器〟ではないかというわけだ。

もちろん噂の真偽は定かではない。

かれは癇癪《かんしやく》持ちではあるが、実に親切なイギリス紳士である。

丁寧な製材の技術指導によって、箱館では最も人気のある外国人と言っても間違いない。

それを嫉妬《しっと》する他国人が存在して、人気のイギリス人を貶《おとし》めるため偽情報を流した、という可能性は大いにある。イギリスとフランスは、自国の地歩を固めるため、横濱でも箱館でもしのぎを削って争っていた。

ただいつ幕府が潰れるかもしれぬこの動乱の世で、内外を問わず多くの商人たちが、両天秤をかけ始めているのが現実だった。

その苦い事実に直面して、幸四郎ら徳川の幕吏は、深い悲哀に胸を抉《えぐ》られる日々であった。幕府に事があれば、今は揉み手の商人も離れていくのだ。

もちろんブラキストンがそうとは言わないが、そのような噂が流れると不安で胸が詰まった。

外国人排斥を唱える〝攘夷派〟に、イギリス人が武器を売るはずはない。だがあの神尾であれば、巧妙に〝勤王の志士〟を装って近づかないとも限らない。

ここで釘を刺し、注意を喚起しておきたかった。併《あわ》せて、独自の情報網を張り巡らしているこの有能な外国商人なら、何か情報を摑んでいるのではないか、と幸四郎は考えたのだ。

「さぞ銃の腕前は凄いのですね」

苦いコーヒーを啜りつつさりげなく問うと、

「いや、〝昔とった杵柄《きねづか》〟で……今は護身用の銃しか扱えませんよ」

と相手もさりげなく応じる。

「おっと、それを言うなら〝昔千里も、今一里〟でしょう」

「ははあ、意味が逆になりますか」

ブラキストンは笑って頷き、いつかも〝不要不急〟を〝不眠不休〟と言い違えたことがある、と言った。

「それはともかく、ご承知のように今の日本は物騒《ぶっそう》です」

幸四郎が言った。

「数年前、江戸で、貴国の公使館が焼き打ちされる事件がありました。今、箱館でそれが繰り返されては一大事です……。攘夷派にはくれぐれも注意して、些細な情報でもいいから、あれば聞かせてください」

「うーん、実に物騒な話です」

　とかれは肩を竦め、頷いた。

「しかし、心配なさらずとも、大丈夫ですよ、ハセクラさん。知ってることは何でも話します、真っ先に狙われるのはイギリスですからね。そう、些細な情報でよければ、一つお耳に入れましょう……」

　残りのコーヒーを呑み干して、思い出すように視線を明るい戸外に向ける。こちらの含むところを理解し、〝攘夷派に、武器を売ることはない〟と言いたいのだ、と幸四郎は受け止めた。

　それからかれは入り口に視線を戻し、入ってくる男にいちいち警戒の目を向けながら、声をひそめて言った。

「最近、こんな話を聞きました。いや、うちのウィルから聞いたんで、ほら話かもしれないが」

　ジョン・B・ウィルは、幸四郎もよく知っているアキンド号の航海士である。外国人には珍しく短軀で、酒樽のように横幅があり、いつもパイプを燻《くゆ》らしている。日本語は下手《へた》だが、航海は天才的に上手《うま》く、頑固で、話し好きで、地元の人気者だった。

ブラキストンは、ごつく長い指先で、あのお触れの紙をくるくる巻いてみせながら言った。

「いや、コレを作る名人が箱館に来ているという話です。コレ日本語で何て言うんでしたっけ？」

紙巻きタバコ、と言いかけてとっさに閃《ひらめ》いた。

「導火線！」

それは火薬を爆発させるための火縄《ひなわ》で、黒色火薬の粉を芯《しん》とし、紙と糸と幾重にも巻いて紐状にし、防水塗料を塗ったものだ。

湿気《しけ》っていては火がつかないため、使用する時は現地調達されることが多い。

「ウイルは去年の夏、江戸湾の花火を船から眺めていた時、一緒に見ていた乗客が、ふと喋《しゃべ》ったそうで……」

アキンド号は、積み荷に隙間があると何人か客を乗せるのだが、そんな一人だったという。

その男は江戸の花火職人で、導火線作りの確かなワザを見込まれ、京に呼ばれたことがある。京に動乱のあった年だった。江戸に帰ってからは花火職人を続けたが、今はまた儲け話があり、知り合いを頼って、箱館に向かうところなのだと。

「残念ながら、名前は聞かなかったそうだが」

ブラキストンは、意味ありげに微笑した。

「ただその知り合いとは、たしかハチマン様裏の駄菓子屋《だがしや》だとか……」

五

幸四郎は、ブラキストンに上等なスコッチをご馳走すると申し出たが、昼は酒は呑まないと断られて、コーヒーをもう一杯振る舞って別れた。

ホテルを出ると、湾岸の町には濃い潮の香りがし、淡い夕闇が漂っていた。

箱館八幡宮《はちまんぐう》は、この大町からはほど近い坂の中途にあった。旧奉行所の区画に隣接しており、ここに奉行所が置かれた時からの祈願所だったから、祭儀があるたび幸四郎らは五稜郭《ごりょうかく》から通っていた。

カモメが鳴き騒ぐ町を抜け、夕餉《ゆうげ》の煙が漂う八幡坂を上がって行くと、鬱蒼《うっそう》とした緑の木々に囲まれてその神社はある。

その裏手といえば、秋田《あきた》藩留守居《るすい》、仙台《せんだい》藩留守居、南部《なんぶ》藩陣屋などが、広壮な屋敷を構えるお屋敷町だ。

その界隈を馬で一巡してみて、駄菓子屋はすぐ見つかった。

神社の裏手ではなく横の路地を入ってすぐにあり、駄菓子屋というより餅菓子屋で、饅頭《まんじゆう》や餅団子の詰められた大きな木箱が、幾つか上がり框《かまち》に並べられていた。

「お訊《たず》ね申す……」

と藤堂が案内を乞《こ》うと、ふっくらした若い娘が出てきた。

「昨年、江戸からやって来た花火職人を探しているが、心当たりはないか？」

「ああ、双五郎《そうごろう》さんでございますか、あの、何か……？」

女は土間まで下りて来て、不安げに問うた。

「いや、伝えたいことがあるだけだ」

後ろにいた幸四郎の柔らかい口調に、女は愁眉を開いた。

その娘らしい様子がかれには匂うように美しく感じられ、双五郎という男に密かに思いを寄せているのが分かった。

「ほら、そこの一番奥でございますよ」

娘は親切に店の外まで出て、指を差して教えてくれた。それはこの路地の両側に並ぶ棟割《むねわり》長屋の、右側の奥だった。

軽く会釈して、二人は路地に入る。長屋右奥の家には、表札も出ておらず、鍵もかかっていなかった。

「ごめん、誰かおるか」

格子戸を少し開けて、藤堂が呼ばわった。

返事がないため、二人は無断で玄関土間に入った。部屋の障子は閉ざされている。だがどこかから風が入って来て、障子の破れ目が小さくはためいていた。

幸四郎はつと踏み込んで、ガラリと障子を開けた。

「わッ……」

と藤堂が声を上げ、幸四郎は後じさる感じで足を踏みしめた。

四畳半二間《ふたま》の先の狭い縁側の戸が、半開きになっている。その鴨居《かもい》に男がぶら下がっていたのだった。

旧奉行所が近かったから、今もそこで業務を続ける残留組に応援を頼んだ。駆けつけてきた二人の役人の調べで、死んでいた者は店子《たなこ》の双五郎本人であると判明した。だが自害とも、誰かに吊るされたとも分からない。

後の調べを藤堂に任せて、幸四郎はひとまず五稜郭に戻った。

翌日になって、藤堂の報告を聞いた。

あの長屋の大家は餅菓子屋で、店主と双五郎とは血は繋がっていないが、遠縁にあたるという。

大家の話によれば、双五郎は儲け話があると言って、今年の二月に来たばかりで、何をしているかはよく分からなかった。

人が訊ねて来たことはないが、たまにフラリとどこかへ出掛けたという。普段は部屋に引き籠ることが多く、人付き合いが悪い割には礼儀正しく、餅菓子をよく買ってくれた。

室内はきちんと片付けられていて、実際に何をしていたか分からない。ただ遠縁とはいえ家賃はきちんと払い、暮らし向きは悪くはなさそうで、自死するような要因はどうにも思い至らないと。

「……神尾の仕業《しわざ》と見ていいだろうな」

報告を聞いた組頭橋本は、そう見当《けんとう》をつけた。

双五郎を神尾が知っていたと考える理由は、長州の介在である。

京での動乱……とは元治《げんじ》元年（一八六四）の禁門《きんもん》の変《へん》だろう。幕府方に激しい攻撃を仕掛けた長州勢が、双五郎を招いたとすれば、その情報は容易に水戸に伝わったはず。当時の長州は水戸と共に過激な攘夷派であり、水面下で親しい協力関係を結んでいたのだ。

今回、導火線作りを依頼したのは、神尾と考えても不思議はない。

「頼んだ導火線を受け取ってから、双五郎を殺して自分の足跡を消した……と考えれば筋が通ります」

幸四郎は頷いて、言った。

「いずれにしても、振出しに戻りました」

「いや、振出しではない」

橋本が言った。

「神尾が今、この町にいることを確かめたのだ」

そうだった。今まで、神尾が果たして海峡を渡ったかどうか、一抹《いちまつ》の疑念があったが、今度の一件でその衣の裾が見えたような気がした。その確信が、おぼつかなかった幸四郎の足元をしっかり固めたようだ。

「導火線をすでに入手したとすれば、決行の日は遠くないですね」

「そうだ、うかうかしておれんぞ」

だがこの町の一体どこに？

詰所に戻ってから、地図に見入って考えた。自分がかれの立場だったらどうするか、猛然と考えた。

その結果、市中でも公儀の目の届かぬ最下層の人々の蠢《うごめ》く裏町に、焦点を絞ることにした。そうした界隈に密集する飲食店に、手配書を配るのだ。もちろん客には、悟られないように。

対象は素泊まりの安旅籠《はたご》、曖昧宿《あいまいやど》、一杯呑み屋、女郎屋、賭場《とば》あたりか……。銭湯、床屋、寺なども勘定に入れなければならぬ。

その末尾には、朱筆でデカデカと記すのだ。

〝有効な情報を提供した者には、貢献度に応じ相応の〝賞金〟を出す〟と。

杉江と藤堂にそれを急ぎ作らせ、町方同心の協力を得て手渡しさせた。字を読めない者には、口頭で説明させた。

ともあれ打つ手は打ったつもりだ。

しかし何の成果もないまま、悶々のうちに日が過ぎた。何件か申し出はあり、そのたびに杉江か藤堂を赴《おもむ》かせたが、どれも賞金目当ての曖昧情報ばかりだった。

この手では駄目なのか、と焦りが胸に渦巻いた。

そんな三日めの昼過ぎだったたか。

「支倉様、ちょっと……」

と門衛に呼ばれ、玄関脇の面談室に行ってみると、粗末な身なりの若い男が、上がり框に座っている。

門衛の話では、この者は、手配書に書かれた人相の男を店で見かけて、申し出て来たというのだ。

男は幸四郎を見ると、ペコリと頭を下げて、〝お奉行様〟宛の一通の封書を差し出した。母親である店の女将《おかみ》が、倅は奉行所のお役人様の前では満足に口もきけまいと案じ、自ら書いてよこしたらしい。

幸四郎はその場で読んだ。

それは、文字を書く習慣があまり無さそうな、たどたどしい平仮名だけで綴られており、漢字を入れて普通の文章にすると――。

〝このごろ店に、見馴れぬお侍さんが、時々集まります。その一人が、先日、奉行所のひとが置いて行った書き付けに似ているので、届けます。

南部陣屋下、つるや店主〟

その息子から話を聞き取って、ひとまず帰した。

後でその一帯を知る役人に話を訊くと、南部陣屋下には奉行所の牢獄があり、夜ともなればその界隈は、明かりも届かぬ暗黒地帯となる。ただいつからか暗い路地奥には、小さな掘っ立て小屋が立ち並び、町の明かりとは趣きの違う軒提灯が点々と、夜通し灯っているという。

通称〝地獄通り〟と呼ばれるそうだが、地図にはない。幸四郎自身も、箱館に二年もいながら初めて知った。

『つるや』はそこで、得体の知れぬ臓物《ぞうもつ》の煮込みを出すのが人気の、一杯呑み屋だった。煮込みを作る女将もまた素性の知れぬ女だが、一説では、若い頃は水兵相手の洋妾《らしゃめん》だったという。

異人に知り合いが多く、そのつてで、ロシアホテルや外国領事館の厨房《ちゅうぼう》から、臓物を払い下げて貰うらしいと。

その煮込みが絶品と評判が広がり、その匂いと味に引かれるように、駕籠かきや、馬方、人夫、飛脚……など夜昼なく働く者らがよく寄って行くという。

六

その日は曇天だったが、夜には雲間から月がのぞいた。

夜が更《ふ》けてから、煤《すす》けて真っ黒な『つるや』の店内で、幸四郎は馬方に身を窶《やつ》して呑んでいた。

かれは入り口が見える位置に、陣取っていた。向かいには、頼んで来てもらった本物の馬方が座った。二人とも汚れた手拭いで半ば顔を覆っていたから、注文を聞きに来た倅も幸四郎とは気がついていない。

賞金欲しさの作り話や、罠の可能性も考えられたから、身分を明かさぬまま、さして広くはない店の隅の暗がりに潜んだのだ。

ただ幸四郎が自ら足を運んだ裏には、ある確信があった。

手紙を持ってきた倅に、〝男〟の特徴について質問したところ、首を傾げて少し考えてから、どもりながら答えた。

「そういえば、訛りがあったです。薩摩とかでなく、江戸より北の方の……」

〝訛り〟と聞いた時、ざわりと蘇《よみがえ》るものがあった。玄武館のあの汗臭い匂いと、水戸衆の賑やかな会話の端々を特徴づける、独特の訛りだった。

神尾にまつわるさまざまな記憶が頭に飛び交い、一筋の光明が見えたような気がした。

奥の暖簾《のれん》を割ってちらちら姿を現す、痩せて頬骨の出た五十がらみの女が、女将だろう。馬方の話では、その名を鶴《つる》というそうだ。髪を高く巻き上げて櫛《くし》で挿し、顔には白粉《おしろい》を真っ白にはたいていた。

おそらくこの鶴女が、倅を奉行所に行かせたのだろう。

夜が更けても客はよく入り、その誰もが煮込みを注文した。

数人の、黒っぽい姿の武士の一団が入って来たのは、近くの寺院の九つ（十二時）の鐘が、鳴り終わる頃だった。

入り口には壁灯が灯っていて、入ってくる客はよく見える。

先頭に入ってきたのは若い男で、続く二人めはひょろりとした浪士ふう、三人めは町人ふうであるところまで見届けた。

四人めが入ろうとして、ふとその足が止まった。

どこか近くで、不意に犬の吠え声が聞こえたのである。幸四郎は息が止まりそうな心地がした。この町にやたら多い、野犬だ。

店の周囲には密かに、藤堂ほか数人の捕り手を配している。たまたま辺りをうろついていた野犬どもが、真っ暗な物陰に踞《うずくま》るその不審な人影に怯《おび》え、やおら吠えたらしい。

鋭敏に何ごとか察知した首領格のその男は、すでに店に入った者らに、低く鋭く号令した。

「引け！」

席に座っていた三人は反射的に立ち上がり、まさにおっとり刀の体《てい》で、ガタガタと飛び出して行く。

「まあ、ちょいと、旦那……」

女将の鶴が、何ごとかと慌てたように追って出た。幸四郎もまた立ち上がり、刀を手にしてその後を追った。

その時、玄関の外で、恐ろしいことが起こった。

「売ったな！」

押し潰したような声とともに、白刃が一瞬、月光にきらめいた。最後尾にいた若い男が振り返りざま、抜き打ちに刀を振り下ろしたのである。

ギャッという女の悲鳴……。幸四郎が外に飛び出すと、宙に両手を差し出し、空《くう》を摑んで崩れ落ちる鶴の姿が、影絵のように目に映じた。辺りに血の匂いがした。かれは、若い男の前を走る背の高い男を、とっさの視線に捉えた。

がっしりしたその後ろ姿は、心なしか玄武館での神尾の姿に重なって見える。その男は背後を走る若い男を案じてか、ふと足をゆるめて振り向き、先を行けと手で合図したようだ。若い男を前に押し出すや、四人は一瞬のうちに闇の中に吸い込まれていく。

月の光にくっきり見えた横顔が、目に焼き付いて離れなかった。その険《けわ》しく鋭い線は、間違いなく神尾のものだった。


万事休す――。

また振出しに戻ってしまった。

相手をほとんど目前にしながら取り逃がしたこと、二人めの犠牲者が出たことが、何とも悔やまれた。申し出のあった客が神尾だとあらかじめ確信しながら、なぜもっと本格的な捕縛の態勢を取らなかったのか。

それにしても神尾の見せた、あの動物めいた勘の鋭さには舌を巻いた。逃亡と戦いに明け暮れたであろう歳月が、そこに刻まれているように思われ尊王攘夷に荒れる騒然たる日本国内を、飢えたオオカミのごとく逃げ回り、巧みに身を隠してきたのだろう。

今、潜伏しているのはどこなのか？

地図を睨んで腕組みし、じっと考え込んだ。

神尾はあの時、幸四郎には気づかなかっただろう。

箱館奉行所にいることも、知ってはいないと思われる。

思いを巡らすと、互いの決定的な分岐点が見えてくる。天狗党の乱が起こった元治元年（一八六四）三月は、幸四郎もまた蝦夷に渡る直前であり、準備を進めていた頃だった。

その時すでに神尾は筑波山におり、乱を成功させることに夢中だったろう。そして幸四郎が蝦夷に上陸した五月、天狗党の一団は、日光東照宮の占拠を企てて日光に向かっている。それを阻まれた一団は、栃木宿で流血騒ぎを起こし、なだれを打って暴徒化していくのだ。

自分が姿を現すことで相手をおびき出す策を、幸四郎は橋本に訴えた。

だが組頭は、首を縦に振らなかった。危険だし、うかうか乗ってくる神尾ではあるまい、と。

しかしあの凶暴なオオカミは、いずれ我が身をもって防ぐしかない。そう覚悟した幸四郎は、焦る気持ちを鎮《しず》めるために、夜は刀と銃の手入れに没頭した。

「……そうか、取り逃がしたか」

小出奉行に呼ばれ、経過を訊かれたのは、幸四郎が命《めい》を受けてから七日が過ぎる頃だった。報告を聞いた小出は、意外にあっさり言って口調を変えた。

「逃したものは仕方なかろう。この箱館に存在し、呑み屋に出入りする姿を目撃しただけでも、まずは手柄とするべきだ」

「いや、明らかに抜かったのです」

「よい。次の手を考えよ」

小出は首を振った。

「それはそうと、ちと頼みたいことがあるのだ。他でもない例の〝鬼の目〟を見舞ってもらいたい」

「……竜神町の鬼の目伝蔵《でんぞう》ですね？」

「ふむ。あの者には世話になったが、病いと聞いていながら、仕事にかまけてまだ何もしておらん。箱館を去る前に、一声かけておきたい」

〝鬼の目伝蔵〟といえば、蝦夷地を股にかけた大盗賊の頭領として、知られた名である。

狙いをつけた豪商屋敷に、あらかじめ手下を奉公人として潜り込ませておく、など周到かつ巧妙な手口が特徴だった。だが家人を殺傷したり、女人を犯したり、家に放火するような荒事《あらごと》はしないため、義賊としてもて囃《はや》す向きもあった。最後は分け前金のいざこざから手下の裏切りにあい、奉行所に捕縛された。

当時の奉行は村垣淡路守《むらがきあわじのかみ》だから、数年前のことである。

村垣はかつて将軍のお庭番を務めたこともあり、すぐに伝蔵の隠れた素質を見抜いた。闇世界の人脈に通暁《つうぎょう》し、悪党の手口を熟知しているこの男を、形ばかりのお裁きで処理した上、奉行所の〝密偵〟として活用を図ったのだ。

その目論《もくろ》みは見事に当たった。

伝蔵の活躍で、数々の悪党が捕縛され、初めは白い目を向けていた奉行所の与力や同心たちも、こぞってこの元盗賊を頼りにするようになっていった。

奉行が代わっても、かれの立場は変わらなかったが、半年前に病魔に襲われてから活躍が止まった。

まだ四十五の坂を越えたばかりだが、風邪をこじらせて咳が止まらなくなり、そのまま寝付いてしまったらしい。

不養生が祟《たた》っての労咳《ろうがい》、と奉行所に伝わってきた。

小出は、用意していた薄紙に包んだ金子《きんす》を、近習に命じてさらに布に包ませた。

「これを渡すだけでよい。鬼の目のことだ、こちらのことは何もかも承知していよう」

七

竜神町は、ブラキストンの製材所などがある湾岸より、少し陸に入った下町である。教えられた路地には、棟割長屋や小体《こてい》な二階屋が密集していた。その奥にある、板塀に囲われた古い平屋が、目指す伝蔵宅だった。

外では何度も会っているが、自宅を訪ねるのは初めてだ。

馬を口取りの次郎吉《じろきち》に委ね、一人で粗末な門を入った。すぐに雪囲いのある戸口で、その前に立つと、煎じ薬の微かな匂いが表まで漂っていた。

「ごめん……」

そう声を掛けながら戸を開けた。そこは薄暗い土間で、畳一枚ほどの上がり框があった。

「ゲンか？」

障子戸の奥に人の気配がし、そんな嗄《しゃが》れ声が聞こえてきた。

「いや、奉行所の支倉だが」

「……支倉の旦那で？　へえ、こりゃァどうも」

と言ったところで、ひどく咳き込んだ。

「ええむさ苦しい所へ、また……。どうか遠慮なく、ズイっと入っておくんなせえ」

「邪魔するぞ」

がらりと障子を開くと、雨戸も閉め切った薄暗い湿っぽい部屋にぼんやりと行灯《あんどん》が灯っている。その明かりに、粗末な蒲団に横になっている伝蔵の姿が浮かび上がった。

必死で身を起こそうとするのを制して、傍らにどっかと胡座《あぐら》をかいて座る。眼下に見る伝蔵は、すっかり肉が落ちて見るかげもなく、病に伏してから半年とは思えぬ憔《しょう》悴《すい》ぶりだった。

「どうも相済まぬことで……。嬶《かかあ》が、竹庵《ちくあん》先生の所まで、薬を貰いに行ってるんで、お構いもできませんで」

声は弱々しいが、幸四郎を見据える目の鋭さは、〝鬼の目〟の異名を奉《たてまつ》られた往年とさして変わってはいない。

「つまらぬことを気にすると、体に障るぞ」

「いんや、とんでもねえ」

「実はお奉行に言付《ことづ》かってきたものがある。忙しさにかまけ、遅くなってしまったと詫びておられた」

小出に預かったものの下に、自分の見舞いをも忍ばせ、蒲団の下に差し入れた。

「旦那、勿体《もったい》ねえこって」

伝蔵はやせ細った手を、胸の上で合わせた。

「鬼の目の伝蔵ともあろう者が、手など合わしては洒落《しゃれ》にならん。今は養生につとめ、またわれらに力を貸してもらいたい」

伝蔵は微かに頷き、咳き込みながら言った。

「こんな時に、何の力にもなれんでは、死んでも死に切れねえ……」

その言葉に幸四郎は、おや、と思った。

「いえ、材木みてえなこんな寝たきりでも、ネタは向こうから飛び込んでくるんでさ。不思議なもんでね、御用聞きで足を棒にしていた時より、今の方がよっぽど物知りで……ははは」

笑いに語尾を濁した。

「して旦那、その水戸の浪士の足取りは、その後どうなりやした？」

「この話、おぬしの耳にまで届いておるのか」

「いやいや、あっしの耳に届いたからって、何の不思議もねえんです。あのお触れ書き、手下の店にも、嬶のやってる茶店にも配られやした。都合二枚」

「あっ、なるほど」

箱館の町が地図になって見えた。

女房のお久《ひさ》は、近くの異人橋の袂《たもと》で汁粉や団子を供する、小さな〝休み茶屋〟を開いている。お久も伝蔵の手下の盗賊だったから、首領と共に捕縛されたが、二人の仲を知った村垣奉行の計らいで、表に通用する稼業を与えてもらったのだ。

「あっしはくたばり損ないだが、まだ悪党の元締めでしてな。ちと気になる情報を摑んでますぜ。この箱館に、今、悪党がぞくぞく集《つど》っておると……。奥州《おうしゅう》あたりからも小悪党が、海を渡って流れ込んで来おって、こんなことは今までにねえ話ですわ」

「どういうことだ？」

「あっしの勘じゃ、一大事の前ぶれじゃねえかと……」

「一大事とは？」

「やつらは、お奉行が交替するこの時機を狙い、箱館を火の海にしようと企んでますぜ」

「…………」

幸四郎は息を呑んで、まじまじと伝蔵の顔を見た。

（そういうことだったのか）

この時になって初めて、小出奉行の遠謀深慮《えんぼうしんりょ》を理解した。

小出は幸四郎の窮状を、橋本から聞いて知っていたのだ。こんな時に頼りになる鬼の目は、瀕死の床に臥せっている。ここで応援を頼んでは、弱った体に大きな負担になろう。だがあの伝蔵ならば、おそらく何かしら摑んでいるはずだ。

そこで見舞いにこと寄せて、幸四郎を枕頭《ちんとう》まで赴かせたのである。

伝蔵もまた、その意図をきっちり読んでいたようだ。

強い光を放つ目で、かれは幸四郎を見据えた。

説明を求められていると悟った幸四郎は、これまでの経緯を包み隠さずに語った。

伝蔵は黙し、目を閉じて聞き入っていた。

話し終えても、しばらく何とも言葉がない。幸四郎は腕を組んで、ぽつねんと静寂に堪えた。真昼の路地奥はずいぶんと静かで、遠くにカモメの鳴き声がし、海の気配が感じられた。

「やっぱりだ。どうもおかしいと思っておったが」

伝蔵はやがて、低い声を発した。

「いえね、最近、船頭どもの動きがおかしいんでさ。そわそわして……」

「船頭が？」

「もちろん、まともな船頭じゃありません。お天道様《てんとさま》を拝めねえ、あっしに言わせりゃ亡者どもでさ。この連中が、どんなぼろ儲けを企んでるんだか、動いてる数が半端《はんぱ》じゃねえ。どうやら何か大きな荷が運ばれて来ると……」

「大きな荷物が、船で運ばれてくるとは？」

嫌な予感に囚《とら》われて、幸四郎はおうむ返しに問うた。

それが神尾と、どんな関係があるか。銃器爆薬などとうに準備されているはずで、今さら船で届くわけもあるまい。

半信半疑で、かれは問いを重ねた。

「その荷は何で、一体どこへ着くのだ？」

「へえ、旦那、そこが知りてえんだが、まだ詳しい情報が入《へ》えらねえ。遅くとも今日までには、元吉《げんきち》という者が来るはずだが、それが来ねえんでさ」

そういえば先ほど、〝ゲンか？〟と誰何《すいか》されたのが思い出された。

「元吉は、手下か」

「へえ、船頭でしてね。最初は、青森《あおもり》から船で荷を運ぶはずが、どういうわけか外されて、向こうから来る船の荷下ろしと、運搬を請け負っておるらしい」

「なるほど。それでその詳細を、知らせてくるわけか」

「それを奉行所に届けさえすりゃア、あっしは枕を高くして……」

言いかけた時、カラリと戸の開く音がした。

「ゲンか？」

伝蔵が問う。

「あたしだよ。ここにある履物、ゲンのじゃないのかい？」

言いながら、障子を開けて入ってきたのはお久だった。

「まあ、支倉の旦那じゃありませんか。どうも失礼しました」

お久は慌ててその場に手をつき、挨拶した。

幸四郎は〝休み茶屋〟で何度か顔を合わせているが、お久の女房としての顔を見るのは初めてだ。まだ三十を少し過ぎたくらいだろう。目鼻だちがくっきりしてやや伝《でん》法《ぼう》な感じがするが、瓜実顔の、なかなか色っぽい美人だった。

「ああ、お久、忙しい旦那が、わざわざ見舞いに来てくれなすった。何か気のきいた物をお出ししろ」

「まあ、ほんと。支倉様、お昼はまだじゃありませんか？」

「いや、沖の口役所についでがあったんで、あちらで済ませた。お茶を一杯だけ頂こうか」

「はい、はい。支倉の旦那って、まだお若いのにお固いねえ。うちの店に見えても、お茶しか召し上がらない……。お宅でさぞ、美味しいお手料理を召し上がっておいでなんでしょ」

「馬鹿、旦那はまだお一人だ」

「あら、失礼しました。今度いつか、あたしの料理を召し上がってくださいましな。これで魚さばきが得意なんですよ、漁師の娘ですから、ほほほ……」

華やいだ笑い声を残して勝手の方に消え、座が和《なご》んだ。

やがてお茶が出てから、伝蔵は不安げに呟いた。

「……知らせはもう入ってもいい頃合いだ」

「心配ないって、お前さん。知らせは船でくるんでしょ。風のご機嫌次第で、早くも遅くもなるじゃないか」

　お久は伝蔵を励ましつつ薬を飲ませると、幸四郎に挨拶して、また茶屋に戻って行った。

「内儀《おかみ》の言う通りだ。気を揉むな、考えすぎても体に障る」

　言いつつ幸四郎は腰を上げた。

「いや、ゲンは剣術指南もやれる腕だ、心配はしてねえが……。自分が動けないと、あれこれ考えちまっていけませんや。旦那はこの後、奉行所ですか？」

「ああ、そのつもりだ」

「何かありゃア、やつをそちらへ走らせます」

八

　奉行所に戻り、報告のため奉行詰所に出向くと、江戸から急報が届いていると小出が言った。

　それは板倉老中からの御用状で、〝取り急ぎ参る〟と書き出されている。

〝前回の書状を送った直後、横濱で不審な船を捕らえた。

長州から箱館まで塩を運ぶ船を、抜き打ち検査したところ、武器弾薬が積まれていた。船頭以下、知らぬ存ぜぬの一点張りでまだ吟味《ぎんみ》中だが、おそらく神尾の関係に間違いない。

拿捕《だほ》したのは一隻だが、他にもあるかもしれぬ。くれぐれも用心されたし……〃

一気に目を通し、伝蔵の諜報力の凄さに、今さらに幸四郎は愕然とした。

長州は、播州赤穂《ばんしゆうあこう》に次ぐ塩の産地であり、その塩は北前船《きたまえぶね》でどんどん北に運ばれている。水戸藩はかつて長州に大豆を贈り、長州は水戸藩に塩を贈った、という話を聞いたことがある。

そこに目をつけての、神尾の偽装だろう。

鬼の目のことを伝えると、小出は頷いた。

「さすが伝蔵、いちはやくその情報を摑んだようだ。横濱で弾薬を没収されたのであれば、神尾の予定は遅れているであろう。だが追って〃次〃が届くのを、伝蔵が察知したのだ。どのくらいの規模であるかは、〃荷〃の届くのを待つしかない。心して連絡を待て」

組頭の橋本も呼ばれて、今後の申し合わせがなされた。

夜昼を問わず、いつでも兵が出動できるよう準備しておくこと、兵の指揮を執るのは幸四郎であること、の二点である。

その日、六つ半（七時）まで連絡を待ったが、知らせは来なかった。

寝《やす》むことも大事と考え、あとは藤堂を残し、万全を期して帰宅した。すぐに一風呂浴び、下女ウメの給仕で食事をすませてから、少し酒を呑んだ。

床に就いてしばらく思案していたが、いつの間にか爆睡した。

……燃え盛る炎の中に、神尾の顔がある。玄武館の頃の、久留米絣の似合う、若々しい神尾の顔だった。話しかけようとしたが、声が上手く出ない。叫んでもかれはこちらを向かない……。

ウーッと叫んで、自分の声で目が覚めた。

「殿、起きてください……」

と廊下から声が聞こえている。若党の与一《よいち》だった。

「奉行所から、藤堂様が参っております」

幸四郎は飛び起きた。羽織に手を通しつつ玄関に飛び出して行くと、藤堂が控えている。

「ただ今、竜神町の番屋から急報が入りました！　鬼の目伝蔵が、斬られたとのことです」

「な、何と！」

のけ反《ぞ》るような衝撃を受け、目の前が白くなった。

「容態はどうだ、命はあるか？」

「女房どのは、鬼の目の命《めい》で、番所に駆け込んで来たそうでありますから、大丈夫、生きとられます！」


夜更けの松川《まつかわ》街道を、十騎の幕吏が駆け抜けた。

幸四郎の後に続くのは、藤堂と奥医師と、夜勤番の役人が六人。それに、異変を知らせてきた番屋の番兵を藤堂が引き止め、先頭の案内役に立てている。

竜神町までは街道筋をまっしぐらだ。夜気はなまめいて暖かく、いつもながら野犬の遠吠えが聞こえている。

路地の入り口に提灯が下がっており、その奥はシンと静まり、人影もない。

門前に番屋の若い役人が提灯を下げて立っていて、女房以外は誰も家に入れていないと報告した。大儀《たいぎ》……と幸四郎は頷いて玄関に入り、上がり框で立ち竦《すく》んだ。

室内に灯された行灯の明かりが、惨劇を映し出していた。

玄関障子は横向きに倒れ、部屋の入り口近くで、一人が背後から刀傷を浴びて俯《うつぶ》せに倒れ伏している。後で知ったが、これがゲンと呼ばれる男だった。

血に染まって乱れた蒲団の中央に、血だらけの伝蔵が仰《あお》向《む》けに倒れていた。胸の下を深く突かれたようで、そのままどうと倒れ、手にしていた匕首《あいくち》をポロッと放した……という具合に匕首が手元に転がっている。

顔には手拭いがかけられており、血の匂いの中にお久が踞《うずくま》って、何故か夫のもう一方の手をしきりにさすっていた。

幸四郎はお久を伝蔵から引き離し、検死は医師と役人らに任せて、隣の板の間に連れ出した。

そこにも薄暗い行灯が灯り、囲炉裏や、茶簞笥や、壁に掛かった笊《ざる》や半纏《はんてん》を映している。囲炉裏のそばにお久は頽《くずお》れた。

「すまない、自分はあのままここに残るべきだった」

思わず幸四郎が言うと、お久は驚いたように顔を上げた。

「何を言いなさる……。あの人らしいじゃありませんか。匕首がそばに転がってましたよ。あの体で、最後まで闘って死んだんです」

涙を流してはいたが、声はしゃんとしていた。

「少し前まで、息もございました。あたしの帰りを待って、持ちこたえていたんです。支倉の旦那に、伝えなくちゃならんことがあるって……」

お久が休み茶屋から帰宅したのは、五つ（八時）近かった。

家に一歩入り、地獄の沙汰に仰天したが、腰を抜かさなかったのは、修羅場《しゅらば》を何度もくぐってきたからだろう。

気丈にも中に踏み込んでみると、ゲンはもう冷たかった。

だが伝蔵は、お久か……と声を発したのである。

「ゲンが尾《つ》けられた……」

「お前さん、今は喋るんじゃない、すぐ医者を呼んでくるから」

行こうとするお久を止め、そばに座らせた。

「医者はいい、旦那を呼ぶんだ、旦那が来るまで誰もここに入れるな。いいか、旦那にはこう伝えてくれ……」

苦しい息の下から、二、三のことを囁き、行けというように強く手を振った。その目には、親分であった頃の有無を言わさぬ威厳が宿っていて、お久の迷いを吹き消した。

夫は死期を悟っている。望み通りにするべきだ、との一瞬の判断で、お久自ら近くの番所まで走ったという。

「帰ってきたらもう息はなくて……一人で往《い》っちまうなんて……」

そこで初めて啜り泣いた。

「水臭いけど、でも、これで良かったんですよ」

「鬼の目は充分頑張った」

今、言うべき言葉はそれしかなかった。

「忘れぬうち、内儀、親分の伝言を聞かせてくれ」

「忘れるもんですか。たった二言ですもの。〝汐首岬《しおくびみさき》〟と〝明日の真夜中〟……。それだけで分かるんですか」

「汐首岬に、明日の子《ね》の刻だな……」

幸四郎は復唱し、沸き立つような思いで勢いよく立ち上がった。

「それで充分だ、かたじけない」

思いは、先に飛んでいた。真っ先に頭に浮かんだのは、汐首村から人を呼び、地形について教えを乞うことだ。すぐに戻って指令を出さねばならぬ。

今夜は徹夜になろう、と考えているると襖の向こうから声がした。

「藤堂ですが、入っていいですか？」

「入れ」

ガラリと襖が開き、藤堂が手に何か持って入ってきた。

「お久どの、親分の体の下にこんな物があったが、覚えがあるか？」

藤堂から渡された物を手に取って、お久は首をひねった。それは血を吸ってどす黒く濡れた、手のひら大の布の切れ端だった。

「袖の一部が千切れたみたいだけど……」

「あ、親分の寝間着の両袖はあったぞ」

「どれどれ」

〝袖〟と聞いて、幸四郎には閃《ひらめ》くものがあった。

伝蔵の匕首は相手の袖を掠め、その一部を切り取ったようだ。その上にかれは倒れ、相手の手掛かりを隠したのではないか。

行灯の明かりのそばで、まじまじと見入ってみると、血で黒く変色しているが、これは元は藍色ではないかと思えた。白い微かな斑紋が規則的に浮いて、絣《かすり》模様を成している。

久留米絣か……。

幸四郎は呻《うめ》くように呟いた。

「伝蔵がこの上に倒れたのは、偶然ではなさそうだ」

いや、胸の中で呟いているのか、口に出しているのか我ながら判然としないまま、溢れる思いに溺れそうだった。

神尾の剣は、〝鬼の目〟から逃れられなかった。伝蔵親分はこの賊が、神尾本人かそれに並ぶ剣の遣い手と見抜き、我が身をもって手掛かりを残したのだ……。

九

汐首岬は、亀田半島の海岸段丘の南端に切り立つ急崖《きゅうがい》である。

ここに立つと、眼前には津軽海峡《つがるかいきょう》が広がる。その先には下北半島《しもきたはんとう》の大間崎《おおまざき》が、手に取るように見えた。

ここは蝦夷と内地が最も近く迫る、最短地点である。

にも拘《かかわ》らず海上交通が発達しなかったのは、海が深く潮の流れが速い難所だったからだ。さらに汐首の浜には崖が迫って、船の着けるような台地や、格好な入り江がなかった。

海岸は岩だらけの荒磯だった。

幸四郎が布陣を敷いたのは、その小高い汐首岬の天辺《てっぺん》である。すぐ眼下に、ゆるい入り江を見下ろせる。入り江には、昔この辺りで昆布漁が行われていた頃、漁師たちが築いて使っていたらしい粗末な船着き場があった。

此処《ここ》を幸四郎は、戦場と予想した。

今は使われずに放置されほとんど朽《く》ちかけているが、

「小舟が入って来るのはここしかねえだね」

近村から急ぎ呼び寄せた漁師の、そんな意見を入れてのことだ。

その漁師の道案内で、一隊は高山植物の咲き乱れる山側を這うように迂回し、日没までに現地入りした。

濃い闇が辺りを閉ざす頃には、水も漏らさぬ布陣が完了していたのである。

配下の同心三名と、それに従う捕方たちを三方向に配置し、幸四郎はその中心点に陣どった。合図一つで、一斉に浜まで駆け下りられる態勢だった。

当の幸四郎の周囲には、いつもの捕物の現場では見慣れぬ、八人の屈強な男たちが顔を揃えていた。

その半数は、小出奉行の直々《じきじき》の声がけで駆り出された、銃隊の選り抜きである。小出自身が教導資格も有する銃の名手だったから、日頃から銃隊調練には熱心で、多くの射撃手を育てていた。

とはいえ今日のところ、かれらは控えである。

実戦の本隊はあとの半数で、奉行所内の五指に入る弓の射手だった。

今夜は月も星もない暗夜で、いつもはよく見える大間崎の明かりも夜陰に煙っているが、かれらは、闇の中でも目が利く強者揃いだ。暗い中で七尺もある長い弓の手入れをしたり、矢先に油を沁み込ませたり、準備に余念がない。

突然のことで、誰もがおっとり刀で飛び出して来たのだが、皆、筒袖上衣、裁着《たっつけ》袴《ばかま》の兵装束に身を固めている。

老中は〝首謀者は始末せよ〟と命じてきたが、小出からは、〝出来る限り捕縛せよ〟とのお達しである。

背後に蠢《うごめ》く、協力者の豪商を炙《あぶ》り出すのが目的だった。

入江で船を沈めるために、まずは弓隊が前面に出るよう、幸四郎は指示を与えたのだ。

天候は下り坂にあるらしく、風が出始めていた。

皆は寝そべって風を避け、しばらく海鳴りを聞き、岬を回ってくる風の音に耳を傾けていた。

四つ（十時）になろうかという頃合い、幸四郎は見張りの合図で遠眼鏡を覗いた。

龕燈提灯《がんどうぢょうちん》を下げ釣り竿を担いだ男が一人、暗い浜辺に現れた。男は浜に佇み、かなり念入りに辺りを偵察している。

その者はさらに岩の上から釣り糸を垂れ、なお気配を窺っていたが、やがて龕燈を大きく回した。ほどなく岩場を伝って、〝男たち〟がぞろぞろと姿を現したのである。

近くの漁村にでも潜んでいたのだろう。

先頭の男の掲げる松明《たいまつ》の明かりに、ほぼ十五、六人の姿が映し出された。草叢《くさむら》に体を横たえて、さらに遠眼鏡を覗くと、他の男たちより頭一つだけ抜き出た大男の影が見える。

（神尾だ）

と幸四郎は思った。

連中のうち十人までは、荷を担いで運ぶために雇われた人足だろう。導びかれるまま、幸四郎が予想した船着き場に集まっていく。

荷を積んで来る船は、やはりここに着くのだ。

かれらは船着き場に、運んで来た干し草のようなものを積み上げ、しばらく暗い沖を眺めていたが、やがて松明の火をつけた。

ボッと火は燃え上がり、風に煽《あお》られてあかあかと闇を焦がす。

この合図の狼煙《のろし》に、水平線上に動くものがあった。

涯の上からは、今までは暗黒に押し潰されて何も見えなかったが、すでに沖合では、大船から小舟に荷を移し変え、陸地の様子を窺いつつ待機していたらしい。

風に乗って、思いのほか早く近づいて来る無灯火の船影が、微かに闇に見分けられる。小さな帆を上げた北前船のような荷船だ。

「一、二、三艘……です」

かたわらで、杉江が囁いた。

「どうしますか？」

「待て、風で矢が届かんかもしれん。もっと引きつけるのだ」

すでに物陰で火の準備をすませ、射手らはしゃがんだまま、固唾《かたず》を呑んで風の具合を測っている。幸四郎はじっと、どんどん近づく船に目を当て続ける。火矢の飛距離は約六百六十尺（二百メートル）。

もっと、もっと、もっと……眼下に来るまで引きつけよ。

「よしっ」

その低い声に、油を塗った矢先に一斉に火がつけられる。

「今だ！」

風がふと止んだ瞬間、射手らは立ち上がって、或いは膝立ちでキリキリと弓を構え、一斉に火矢を放った。

闇を真っすぐに貫いて飛ぶ火矢は、恐ろしいほどの正確さで、三艘の荷船に襲いかかった。射手らは、二の矢、三の矢……と火矢を放ち続けたから、荷船の帆に瞬く間に火が広がっていく。

船着き場からは、悲鳴とも叫び声ともつかぬどよめきが上がった。

「手入れだ！」

「逃げれ！」

奇襲に驚愕して右往左往する男たちに、急坂を駆け下りて来た捕方が、ワアッと威嚇の声を上げて突進して行く。

捕方らは、いずれも七尺近い刺又《さすまた》や突棒《つくぼう》を振りかざし、逃げまどう男どもを取り押さえに掛かる。

剣を抜いて交戦する浪人ふうが、数人いた。

だが海上で耳をつんざく爆発音がして、敵も味方も、誰もがそちらに目を奪われた。

轟音と共に、凄まじい火柱が垂直にたちのぼっている。

それは稲妻のように、船からはじき飛ばされる者の姿を赤々と照らし出した。矢から帆に燃え移った火が、荷船に積まれた火薬に取りついて、爆発したのだろう。

その衝撃で大波が立ち、近くにいた一艘が大きく傾き、荷もろとも水中に没しつつある。あと一艘は燃え上がっていて、その炎の明かりが波立つ海面をあかあかと照らしていた。

轟音を聞くと同時に、今まで岬の上に陣取り状況を見守っていた幸四郎は、全速力で急坂を駆け下りてきた。その後に、ミニエー銃の銃隊が続いた。

捕方の急襲と、海上の大爆発を眼前にして、浜の男たちはもはや抵抗しなかった。その気力を奪われ、捕物は呆気なく片がついた……ように見えた。

だが浜に仁王立ちに立つ幸四郎は、目を血走らせて、一人の男の姿を探していた。

(神尾はどこだ？)

ここまで追い詰めたのに、神尾の姿は忽然《こつぜん》と消えてしまったのだ。かれを取り逃がしては、また同じことが繰り返される。

茫然として見回していると、杉江の声がした。

「あれをご覧ください、小舟で逃げる者がいます！」

指差す方を見ると、誰もいないと見えていた岩陰から、一艘の小舟が漕ぎ出すところではないか。

櫓《ろ》を握るのは大男で、どうやら万一の時のため、その辺りに小舟を繋いでおいたらしい。

かれは懸命に櫓を漕いで、小舟は岸から離れて行く。

その黒い影に銃を構える者たちを制止し、幸四郎は岩を伝って近くまで走った。杉江が後に続いた。

「その舟、戻れ、引き返せ!」

杉江が大声で叫んだが、相手は見向きもせず、長身を懸命に動かして漕ぎ続ける。

「神尾さん!」

幸四郎は大音声《だいおんじょう》で呼ばわった。

「戻ってください!」

その声に、櫓を漕ぐ手がふと止まった。舟の上の男は振り向き、闇を透かすようにこちらを窺っている。

「そう、支倉です!」

幸四郎は畳み掛けた。

「もはやこれまでだ、神尾さん、海はこれから荒れますよ！」

すると奇跡が起こった。

舟は少しの間そこに留まっていたが、追手が幸四郎と知ると、一瞬の息を呑む静寂の後やおら方向を変え、ギイギイと戻り始めたのである。

十

「……おぬしだったか」

朽ちかかった船着き場の台座に飛び降りた神尾は、野太い声で言い放った。全身が潮水にまみれている。

「気の利いた作戦をしやがると思っていたが、まさかおぬしとはな！」

捕方がかれを遠巻きにし、松明の火を向けて来る。

「御用だ」

「神妙にしろ」

そんな常套句が次々と浴びせられたが、声とは裏腹に皆は後じさりしている。怖じるふうもなく幸四郎の方へ踏み出していく神尾の姿に、気圧《けお》されていた。

揺らぐ松明の明かりに浮かび上がった神尾の顔を正面に見て、幸四郎は息を呑んだ。

過酷すぎた歳月が、千葉道場の英雄だったあの颯爽《さっそう》たる青年剣士を、無惨な形相に変えていた。すさんだ目、痩せて頬骨の出た顔、何本か傷痕の走る額……その顔は、悪鬼としか言いようがない。

だが強い光を放つその目の奥に、幸四郎は往年と変わらぬどこか瞑想的な表情を見ていた。

「おぬし、箱館奉行所にいたのか」

「そうです、あの腑抜け旗本は、ちょうど天狗党の乱の年に、海峡を渡りました」

「そうか、知らなかった……」

何を思ったのだろう。一瞬、かれは声を途切らせた。

幸四郎は一歩進み出た。

「箱館を火の海から護るために、われわれは万全の策を講じています。もうここまでです、神尾さん。箱館で、この上の狼藉《ろうぜき》はどうか控えてください！」

幸四郎は語りかけるように言葉を紡《つむ》いだ。

「分かってる」

〝殺人鬼〟だの〝狂犬〟だのと罵《ののし》られるこの神尾に近づいても、不思議に恐ろしくはなく、むしろ懐かしい気持ちで一杯だった。

胸の底に、やっと会えたという思いがあるのに、初めて気がついていた。

呼びかけに応じて神尾が引き返して来たのも、もしかしたら、ただ懐かしかったのかもかもしれない。

戦いと逃亡に次ぐ血まみれの歳月の果てに、突然、あのどこかとっぽい青二才の腑抜け旗本に出会ったのだから。

幸四郎が神尾に美しい青年剣士の面影を見ているように、神尾もまた幸四郎の中に、まだ稚さなさを残した少年剣士を見ていたかもしれない。

「ここでこうしてまみえたのも、何かの運命《さだめ》だ。どうだろう、支倉、いつかの試合の決着をつけないか」

「…………」

「おれが負けたら潔《いさぎよ》く首をやる。その代わり勝ったら、あの舟で逃げるぞ」

少し軽口めいて言う。

「望むところ……」

幸四郎は相手を見据えて、言いかけた。

(これが神尾との最後の対戦だ)

そう思うと、声が詰まった。嬉しいとも哀しいともつかぬ高揚感で、喉に言葉がつかえたのである。玄武館の時は、この人物と対戦出来ることがただ純粋に嬉しかったように思う。

だが今は、雑念が混じるのが辛かった。

舟が戻って来た時から、神尾は死ぬ気なのだと分かっている。

もしこの対戦で神尾が勝ったとしても、〝舟で逃げる〟ことなど到底出来ないのは目に見えている。それを承知の上で神尾は戻ったのであり、今は無心に闘おうとしているのだ。

どんな状況であれ、神尾は手加減などする男ではない。今は生死を越え、無心に、勝負を楽しもうとしていた。

だがそれに引き換え、自分は雑念だらけではないか……。

幸四郎は強く思っていた。この勝負で、自分はどうしても〝負けられない〟と。

もしも自分がここで負けて倒れたら、神尾は銃で撃たれるに決まっている。かれを銃の餌食《えじき》にさせてたまるか。

「下がれ!」

遠巻きにして固唾を呑んで見守る捕方に、幸四郎は雑念を振り切るように剣を抜き、言い放った。

「この先、手出しはいっさい無用！」

一同は後じさりし、二人を囲む輪は大きくなった。


暗い浜辺で、二人は向かい合った。

海上でまだ燃え続けている舟の明かりが、二人の姿を微かに浮かび上がらせる。

何十人かの人間が息をひそめて見守る異様な静けさの中、岩に打ち寄せる波の音と、汐首岬の急崖にぶつかって渦巻く風の音ばかりが聞こえていた。

二人とも剣を正眼に構えたまま睨み合い、機を窺いつつ、小刻みに前進後退の動きを繰り返す。

と、その時、燃え燻《くすぶ》っていた三艘めが、轟音とともに爆発した。

それに触発されたように、神尾はいきなり正眼の構えを崩し、剣を右上段に構えた。

あの玄武館での一戦で、幸四郎が窮余の一策として取った構えである。

思わず神尾の表情を窺うと、真っ赤な炎の揺らめきの中で、その目に昔と変わらぬひたむきな情熱が仄めくのを見た。

その瞬間、両者は体をぶつけ合うように突進し、凄まじい早さで剣が交わされた。金属の激しくぶつかり合う音がし、二人はまた離れ、改めて正眼の構えで睨み合った。

……と見る間もなく、一人がゆっくりと崩れ落ちた。胸を突かれた長身の神尾が、自らの体の重さを支えきれぬように倒れたのである。

動かなくなったその姿を、幸四郎は、肩で大きく息をしつつ見下ろした。

不思議に負ける気はしなかったのだ。だがこうして討ち取ってみると、なぜ勝ったのか分からなかった。

実戦で鍛え抜いた神尾の剣は、恐ろしく速く、一分《いちぶ》の隙もなかったのだ。この対戦もまた幸四郎は捨て身となり、がむしゃらに突きかかっただけのように思う。

まるでこの時を待っていたように厚い雲が切れ、夜明けまでまだ間がありそうな青白い月が、少しずつ顔を覗かせた。

水戸に発して、虚しく北の大地に潰《つい》えた神尾新之介。

千尋《せんじん》の谷底を覗き込むように立ち尽くす幸四郎。

そして周囲で粛然と見守る者たち。

それらを、ひとしなみ青白い月光が照らし出した。

時間はしびれたように止まっていた。

第二話　幕命

一

慶応二年（一八六六）四月二十一日、夜。

もうすぐ、四つ（十時）の鐘が鳴りだす頃だった。

柔らかく凪いだ春の湾に、一艘の小舟がゆっくり漕ぎ出して行く。前方に広がる闇に、さまざまな船の赤い船灯がポツ、ポツと滲《にじ》んでいる。

舟は奉行所の名入りの提灯を掲げ、五人の幕吏を乗せていた。筆頭調役の高木与惣《たかぎよそ》左衛門《ざえもん》、調役支倉幸四郎……ほか三名。

目指すは、半刻ほど前に入港したばかりの官船『箱館丸』である。船には、はるばる江戸からやって来た新箱館奉行の一行が乗っていた。

今夜はこのまま船中泊で、一か月近い長旅の最後の一夜を、この生暖かい春の潮に揺すられて過ごすことになる。

幸四郎ら奉行所役人は、昼過ぎから沖ノ口番所に待機していた。もっと早く着くはずが、風がないため船は大幅に遅れ、半刻前にようやく港に姿を見せたのだ。

頃合いを見計らい、かれらは船まで歓迎の挨拶に参じるところだ。併《あわ》せて、明日の段取りを打ち合わせなければならない。明朝は、この湾岸から五稜郭まで、大名行列を仕立てて賑々《にぎにぎ》しく進むのである。

船からの情報によれば、奉行はすこぶる元気だが、女衆の多くが船酔いし、特に奉行の奥方は身重《みおも》のため半死半生だという。

「船中見舞いは短く終え、早々に引き揚げることにする」

高木の言葉に、皆は頷き合った。

新奉行が難しいお方でなければいいが……という不安が、柔らかい海風のように、皆の胸を微かにさざ波だてている。

すでに噂は飛びかっていて、新奉行は幕府の〝大物〟という声が高かった。

「御目付として、御老中板倉様の片腕だったお方……」

「武芸に秀でた武人である上、漢詩も詠《よ》まれる文人……」

そんな噂の主は、杉浦兵庫頭誠《まこと》、四十歳。

役高二千石、役料千五百俵。

祖父は八十過ぎまで勘定奉行をつとめたほどの能吏だったが、父親は部屋住みで、直心陰流《じきしんかげ》の剣術指南だった。その薫陶《くんとう》を受けて杉浦は幼少から武芸にいそしみ、武人としての名は高かった。

二十三の時に、五百石に満たない旗本杉浦家の養子となる。

二十六で仕官し、大番役として将軍の警固役をつとめた後、三十六で、老中板倉勝静に登用され、筆頭目付として幕閣中枢入りを果たした。

だがその二年めに政変が起こり、開明派の板倉老中ら八名が、保守的な攘夷派によって役職を追われた。その中に杉浦もいたのである。

かれは非役となり、三十代後半の男盛りの一年半を、大川端の自宅に燻《くすぶ》って過ごした。その杉浦を、小出大和守の後任に抜擢したのは、老中水野忠精だった。

だが歴代の箱館奉行は大抵、外国掛りの俊才から選ばれ、任を終えれば、外国奉行に昇進するのが普通である。小出もまた、北蝦夷（カラフト）を巡見して江戸に帰り、外国奉行になるだろう。

しかるに杉浦は外国掛りを経ていない。

異国の事情に通じ、異国語の一つ二つこなせなければ、箱館奉行はつとまらない。開港以来、この治外法権下の町には、クセの強い異人達が我が物顔で闊歩《かっぽ》してきたのだ。

開港一番に捕鯨船で赴任してきた怪漢、アメリカ領事ライス。

箱館にハリストス正教会や医学所を建てたその裏で、カラフトの領有をしっかり画策してきた、初代ロシア領事ゴシケヴィッチ。

母国の絶大な強権を背景に、アイヌ人骨を盗んで大英博物館に売ろうと企んだ、老獪なイギリス領事ワイス。

「姑息《こそく》な幕閣ばかり見て来たお目付が、あの毛むくじゃらの碧眼紅毛《へきがんこうもう》どもと、対等に渡り合えるのか」

そう危ぶむ声があった。

剣の腕は免許皆伝というが、果たして実戦に耐えるものかどうか……。

とはいえ、箱館に派遣される以上は開明派に違いなく、異人を目の仇にはしないだろう。さらに将軍家茂《いえもち》に従って上洛《じょうらく》し、動乱の京を見物したし、目付として幕閣中枢の権力闘争のすさまじさを見てきたから、苦労人でもあるはずだ。

そう悪い人物ではなさそうだが、小出のようではあり得まい。

幸四郎はそんなことを考えながら、目前に近づきつつある大船を、まるで杉浦その人であるかのように、じっと眺め続けた。

小舟は灯火で合図を送りつつ、近づいて行く。

大船には何隻かの小舟が横付けになっており、明かりが集まっていた。船の上と下から声が飛び交って、慌ただしい空気の中、小舟の船頭は、舳先《へさき》の提灯をやおら竿で高く掲げ、高張《たかはり》提灯にした。

〝奉行所〟の字を見ると、他の舟は慌てて場所を譲り、船頭はゆらめく明かりの中を巧みに縫って行く。

船の上下で声を掛け合い、すぐに準備が整った。

甲板への船梯子《ふなばしご》は、まずは若い幸四郎が先払いで上り、続いて高木が上がってきた。

入港して間もないため、甲板は戦場のように騒然としていた。帆を巻き上げる音やら、水夫らの怒鳴り声が飛び交い、それに混じって何やら叫び声もする。

とはいえ奉行所役人の来船とあって、顔馴染みの大柄な船頭（船長）が出迎えに立っており、一同の顔を見るとすぐに進み出て慇懃《いんぎん》に挨拶した。

「無事の到着、祝着至極である」

高木はそう返してから、辺りを見回して言った。

「取り込み中のようだが？」

「はい、御奉行の奥方様がとりわけ船気がお強く……」

船頭は声をひそめた。

「身重であらせられるせいかと存じます」

「それはご不憫《ふびん》なことだ。船医は何と？」

「特に心配はなかろうと……。しかしあまり苦しまれるので、大事をとって急ぎ医学所からも医師を呼びました。それが、いま到着したところでして」

「なるほど、それは重畳《ちょうじょう》。我らのことは構うな」

「はい、お奉行は船室におられますでな、御用人の千場《せんば》様に案内を頼みます。千場様、おや、どこへ行かれた、今までここに……」

振り返ってキョロキョロしているところへ、水夫が何やら呼びに来た。船頭は頷き、すぐ人を寄越しますからしばしお待ちを……とそそくさどこかへ消えた。

入れ替わりのように、近くの暗がりから男が現れた。

「千場どのか？」

幸四郎が提灯を掲げて誰何《すいか》する。

見たところ腹のせり出した小太りの男で、冷たい潮風に当たって頬が赤らんでいる。

幸四郎の問いに、男は頷いた。

「われら、奉行所から挨拶にまかり越した者、お奉行に取り次ぎを頼む」

幸四郎が言った。

「それは大儀……」

と言いかけたところへ、下僕らしい若者が追いかけて来て、その耳元で何か囁いた。

千場はまたその赤ら顔を大きく頷かせ、低声《こごえ》で何か言って下僕を帰す。

「方々、いざ、ついて参られい」

千場は言い、腹をさすりながら先に立った。

案内されたのは、階段を少し下った所にある六畳ほどの船室で、その座敷のグルリを廊下のような板敷きが取り巻いている。家来衆や家族が囲むためだろう。ここは奉行の部屋だった。

だが掛け行灯に火は灯っていたが、誰もいない。

千場はスタスタと入って行くや、作り付けの火鉢のそばの、金襴の座布団にどっかり腰を下した。

「……………」

高木と幸四郎は、思わず顔を見合わせた。我が物顔で座布団に座ったのに驚いたが、さらにこんもりと突き出た懐がもぞもぞ動いて、そこから黒い猫がひょっこり顔を出したのである。

「やはり蝦夷地だのう、四月末でもアンカがないと寒い」

言って猫の頭をなでると、猫はもがいて懐から這い出した。

猫が出てしまった腹は凹んで、この人物が太鼓腹などではないのが見て取れる。背丈こそ低いが、背筋がピシリと伸び、武芸で鍛えたずっしりした堅太りだった。

（こ、この御仁は……）

幸四郎は顔色を変えた。

「まあ、座れや」

男は太い声で鷹揚《おうよう》に言った。

「この夜更けに大儀だった。ちと祝酒でも参ろうではないか」

「あの、千場どのでは」

……ないのですか、の言葉は幸四郎の口の中に貼り付いた。

「センバ？　ああ、ははは……」

相手は腹をゆすって笑った。

「私は杉浦だ」

幸四郎は一瞬凍りつき、相手に目を釘付けにした。

少しあばたの浮いたこの赤ら顔の小太りの御仁が、新しく五稜郭奉行所に君臨する奉行なのか？　想像とはかけ離れた現実にとまどい、じわりと背中に冷や汗が滲むのを感じた。

「お奉行とは気づかず、とんだご無礼を……」

高木が進み出て深く頭を下げるのを、押しとどめた。

「いやいや、私が謝らねばならん。説明が面倒だから、千場になりすましておった。これ、誰かおらぬか、千場……」

杉浦は鈴を鳴らして人を呼んだが、誰も来る気配がない。

「奥が少々取り込んでおるでな。私が行っても不調法ゆえ、上で風に当たっておったのだ。しかし……ここの夜景はなかなかいいのう、気に入った」

口調を変え、思い浮かべるようにかれは目を浮かせた。

山裾から中腹に向かって群がる辻行灯の橙色の灯、背景の黒々とした臥牛山《がぎゅうさん》、巴型に陸に食い込んだ穏やかな湾。グルリを取り巻く連山によって〝蝦夷〟から守られた海峡の町……。

そんな風景が幸四郎の目にも彷彿した。

他の者も同じだったのだろう。緊張していた座がほっと和んで、皆はてんでにその場に腰を下した。

「いや、夜景に見とれるうち、ついよしなしごとを考えた」

杉浦は火鉢の火をかき熾《おこ》して言った。

「仮に、死に場所を選ぶとすれば、こんな所がいいとな。そんな考えが浮かんでは、センバでもスギウラでもどうでも良くなってしまった、はっはっは……」

ちなみに杉浦兵庫頭の赴任について――。

箱館奉行所が、ほとんど世に知られていない（?）のは、安政《あんせい》元年（一八五四）から御一新までの、わずか十四年という短期間だったことにも一因があるだろう。

初め箱館山の麓にあった奉行所は、小出奉行の代に、亀田《かめだ》に築かれた〝五稜郭〟の中に新築された。

杉浦兵庫頭が着任した時、新奉行所は築三年だったから、まだ木の香も新しかったことだろう。

杉浦一行が江戸を発ったのは、慶応二年（一八六六）の花見も終わる三月下旬だった。

杉浦、その身重の妻、九歳の娘を乗せた三挺の駕籠と、従者らの行列は、去り行く春を追いかけるように奥州路をはるばると北上してきた。

武人杉浦は、時々は駕籠を下りて徒歩で進んだ。

宿に着くと、どんなに疲れていても、その日の旅程を克明に記すのを日課とした。

宇都宮《うつのみや》、盛岡《もりおか》……など城下町を通り過ぎる時は、城から使者が挨拶に出向いてきて、警固の衆が領内の先導をつとめた。

五戸《ごのへ》の宿場では、江戸に帰る前任の小出大和守の家族と鉢合わせしそうになり、小出の家族が前の宿場まで引き返して道を譲るという一幕もあった。

南部藩を通過する辺りから曠野が果てもなく広がり、その様を〝四方すべて曠野莫々〟と日記に伝える。

雷雨や大木も倒れる強風に難儀して、ようやく着いた青森港では、風待ちに二日を空費した。

のべ二十六日にわたる赴任の旅だった。

船中で最後の一夜を明かすうち、奥方の容態も落ち着き、一行は翌朝うららかな春光に包まれ、初めて蝦夷の土を踏むことになる。

二

二十二日は、一年でも滅多にないような美しい日だった。

「そろそろ行列が、出発される頃だ」

「この道筋の景色はどうだろう」

奉行所役人の半ばは、市中警備や歓迎のため駆り出されているが、残留組は地図を覗き込んで、あれこれ言い合った。

杉浦を乗せた駕籠は、ゆっくり市中を練《ね》って、午後一番に役宅に着く。

奉行着任の式次第は、驚くほど細密に定められており、それに従って式は粛々と進行するのである。

まず、奉行所差し回しの屋形船で沖の口番所に上陸した一行は、行列を仕立てて、近くの高龍寺《こうりゆうじ》に向かう。

ここでしばし休憩し、入浴と昼飯を済ませてから、再び供揃いを整え、亀田五稜郭の御役所に向かうことになる。

先払いは南部藩の足軽四名。さらに町年寄や名主、丁代《ちょうだい》（町長）らが、総出で御役所まで案内役をつとめる。

道中の道筋にはお清めの盛砂がなされ、沿道には寺社、問屋などから長が出て立ち並び、行列を迎える。

行列は九つ半（午後一時）、五稜郭内の役宅（公邸）に到着予定で、駕籠はその役宅の玄関に横付けされる。

幸四郎ら役職はここに上下《かみしも》袴の正装で出迎え、家老格の組頭が御居間まで案内する。新奉行はここで、服紗小袖に麻上下の礼装に着替える。

頃合いを見計って、同じく礼装の前奉行が出迎えに現れる。

ここでしばし歓談の後、両人は奥居間と呼ばれる奉行私室で、人払いの上、事務引継ぎを行う。その後、奉行詰所（執務室）に移って、〝御黒印引継〟の儀を行う。

それが済むと、前奉行は役宅玄関より駕籠に乗り、いよいよここを引き払うのである。この時は組頭以下の役職が整列して見送り、以上をもって滞《とどこお》りなく完了ということになる。

以上の段取りが、書面通りに進められた。

日頃は寡黙な小出だが、この時は、長旅を終えたばかりの年長の杉浦をよくねぎらい、杉浦もまた、途中で小出の家族に出会ったことなどを和気あいあいに語った。

それから新旧交代の儀は粛然と進む……はずであった。

この引き継ぎの儀の後、小出はおよそ一月《ひとつき》近く箱館旅館に滞在し、残りの公務をこなす予定である。新奉行を伴っての各国領事館の挨拶回り、産物会所の用達元〆や銭座頭取などによる歓送迎会……等々、なかなか忙しい。

それを終えて後、船でカラフトに向かって当地を巡見し、江戸に帰る予定になっている。

ところが……。

この儀式の最高頂は、両者が奥居間で対座しての、最高機密の引き継ぎにあるのだが、それがなかなか終わらないのだった。

それどころか途中から御目付の織田市蔵《おだいちぞう》が呼ばれ、人払いし、三者の密談となった。

その奥居間は、近習も近寄れない浮島のような部屋である。どんなやりとりがあったか誰も知り得ず、記されることもない。

皆がやきもきする中、やっと両奉行が〝御黒印引継ぎ〟のため奉行詰所に出てきた時は、両人の顔は青ざめ疲労の色が濃かった。

（何かあったか）

と誰もが思った。

祭りめいた慌ただしい空気が一段落したのは、七つ（四時）を回る頃だった。

小出が箱館旅館に引き揚げ、杉浦もまた役宅に引き取ると、皆は帰り支度をしながらヒソヒソ噂し始める。

なぜ途中で織田が呼ばれ、あの妙な空気は何だったか……。

だが誰にもその答えがない。

「どこかで一杯やるか」

と一人が言いだした。そこに居残っていたのは、調役の海老原庫太郎《えびはらくらたろう》、松岡徳次郎《まつおかとくじろう》ら三人。幸四郎より七つ八つ年上ではあるが、奉行所でもきっての酒豪である。

どの店がいいか、などと皆で言い合っている時だった。

「皆、おるか」

そんな太い声に振り返ると、大柄でいかつい顔の組頭橋本悌蔵《ていぞう》が、詰所の入り口に立って中を覗き込んでいる。一瞬にして皆は口を閉じ、緊張の面持ちで橋本を見上げた。

「今日はお疲れでござった……」

とまずは海老原が代表して挨拶した。

「いや、その方らに伝達することがある。先ほど御目付の織田殿より承《うけたまわ》ったが、明朝一番、両奉行の重要な評定《ひょうじょう》がある……。その間、奉行詰所は人払いし、誰も近づかぬよう計らえ」

「はっ」

と四人は揃って頭を下げ、海老原が言った。

「何か問題でも？」

「ふむ、カラフト問題に少々、行き違いがあったようだ。その方らは明日、関係の資料を取り揃え、ここに待機しておれ。以上だ」

言いざま、橋本は立ち去りかけた。

「あの……」

入り口に近い幸四郎が、思わず呼びかけた。

「行き違いとはどういうことですか？」

「…………」

橋本は少し迷う様子だったが、頷いて中に入り、どっかりと座っておもむろに言いだした

「まあ、いずれ伝えねばならぬことだ。だが当分は、口外するなよ。前奉行……大和

守様は、カラフト巡見を取りやめ、このまま江戸表へ帰られるお覚悟だ」

「えっ？」

四人は凍りついて、顔を見合わせた。

「し、しかし、取りやめと申されても……」

誰かが思わず呟くと、

「そう、これは幕命だ」

と橋本が引き取った。

「すなわち、幕命を返上されるとの仰《おお》せなのだ。その是非を、明日改めて、話し合われることになる」

一陣の修羅《しゅら》の風が、部屋を吹き過ぎたようだ。

小出がカラフト行きを喜び、準備に余念がなかったのを、知らぬ者はいない。〝国境交渉を再開すべし〟とのかれの持論が、再三にわたる建白でようやく認められ、カラフト巡見の命《めい》が下されたのである。

古来からカラフトは、日本の領土という暗黙の了解があった。

カラフトを我が国では〝北蝦夷〟と呼び習わしており、久春内《くしゅんない》や富内《とんない》などには、箱館奉行所の番所が置かれて、多くの役人が詰めていた。

ところがロシアとの間に、正式な国境は定められていないのだ。それを理由に、ロシア人がどんどん南下してくるため、カラフト西岸の久春内では紛争が絶えなかった。

そのたびに役人が箱館に飛んできて、幕府の断固たる措置を訴えた。何としても箱館奉行がしっかりとカラフトを巡見し、現状を上訴する必要があった。

今回の小出のカラフト行きは、その第一歩である。

「一体なぜ、前奉行は幕命を返上されるのか……」

と幸四郎は説明を求めた。

同じように関心を顕わにした四人を見て、橋本は頷いた。

「いい機会だから、およその事は話しておこう」

三

カラフト巡見は、すでに今年二月に決定され、奉行交替は氷の溶ける時節とされた。

その当日である今日、杉浦は、老中水野忠精から託された奉書を、小出に手渡したのである。そこにはこう記されていた。

〃北蝦夷《カラフト》巡見の後、ニコラエフスクでしかるべく交渉に当たれ。箱館には杉浦兵庫頭を遣わすから、万事相談の上で事を進めよ〃

ところがその場で奉書を読んだ小出は、御目付の織田市蔵を呼んで立ち会わせた上、よく通る声できっぱり言ったという。

「それがし、この幕命を奉らぬ所存にござる」

それに対し織田目付も、頷いて見せた。

目付とは、奉行など高官の行状監視のために、幕府から遣わされる監察官である。奉行といえど、御目付の同意を得なければ、こうした重大な決定は出来ない。

従って織田はすでに相談を受け、賛同しているのだと杉浦は理解したはずだ。杉浦自身、幕閣を監察する筆頭目付として、板倉老中に仕えてきた人物である。

「……御命を返上致すと申されるか」

杉浦はこの事態に面食らったようだが、穏やかな表情は崩さず、真意を測るように言った。

「何ゆえ、そのように仰せられる」

「北蝦夷の情勢が切迫しており、今さらの巡見は無駄でござる」

小出はさらりと答えた。

「……しかし幕命ですぞ」

「その幕命が、遅きに失しては、もはや道草食ってる場合ではござらぬと」

「道草……とはいかがなものか」

杉浦は声の調子を上げた。

「幕命に背《そむ》いては、場合によっては……」

「もとより、それがし、詰腹《つめばら》切るのも覚悟の上」

小出は、濃い一文字眉を上げて、ひたと杉浦に視線を当てた。一歩も引かぬと覚悟を決めた時の、かれの癖である。

「まずは一刻も早く江戸表へ帰参致し、御老中に進言したく存ずる次第です」

「大和守殿、立場をわきまえられよ」

初めて杉浦の顔に血がのぼった。

かれは顔を真っ赤にして詰め寄った。

「そもそもカラフト行きは、貴殿の強い建白だったのではござらぬか。御老中に、いかに申し開きなされるか」

「何事にも機というものがござる。餅が焼けたからといって、放置しておけば固くなってしまうのと同じことと」

「しかし詰腹切るも、貴殿ひとりのお腹ではござらぬぞ。この杉浦は、御老中から万事を託され、貴殿をカラフトに送り出すべく参った者。この杉浦の皺腹もかかっておると弁《わきま》えられよ」

「もとよりわれらは同腹一心、兵庫頭殿の賛同を得られずしては、一歩も進まぬ所存でござる」

「ならば、幕命返上などあり得ぬこと。そもそも御命を奉らずして、一体いかがなされるのか？」

この詰問を、小出は待っていたように頷いた。

「〝ペテルブルクへの御使節派遣〟を、進言する所存です」

「ペ、ペテルブルクへ、御使節派遣ですと？」

「その通り」

憫笑《びんしょう》とも怒りともつかぬ表情が、杉浦の真っ赤に上気した顔を掠めた。

「何を申される。来たる長州征伐の備えで精一杯の徳川に、そのような余裕があるとお考えか？　改めて申すも愚かなり！」

杉浦は、体に似合わぬ大音声《だいおんじょう》で一喝した。

幕府軍は二年前の元治元年、倒幕を目指す長州との戦《いくさ》に勝利し、何とか押さえ込んだはずだった。ところが長州は、去年からまた砲台を作り始め、新式銃を買い込むなど着々と戦の備えを始めている。

まつろわぬ長州藩主、毛利大膳《もうりだいぜん》。

その征伐のため、将軍家茂はすでに昨年五月から大坂城に詰めている。しかし、諸侯の反対が強いため動けないのだった。

薩摩藩などははっきり出兵を拒んでおり、拒否は他藩にも及んだ。戦意がないところに加えて、幕軍の軍備は旧式で未だ火縄銃に鎧兜《よろいかぶと》……勝算は薄いと見られていた。

その一方で、強硬論を唱える幕閣もいるのだった。

幕軍十五万に対し、長州勢はわずか四千。数からすれば、勝てない戦ではないはずだ。ここで叩き潰し、幕府の威力をみせつけよ、という。そんな強硬論に押され、将軍はもうすぐ敵地に向かうはずだった。

それを知らぬ小出ではない。

「それがし愚考するに、内にばかりかまけておると、外国に国を乗っ取られましょう。それでは元も子もありますまい。ただ……」

小出は柔らかく、淡々と言葉を重ねた。

「今はまだ引継ぎの儀の途中であり、長旅でさぞやお疲れでもござろう。この是非は、明日改めて評定致すことにしては如何《いかが》か」

「ふむ」

一瞬杉浦は黙し、おもむろに頷いた。

「それがよかろう。今日は今日の荷を下ろすことに専心し、明日は心も新たに明日のことに取り組むと致そうか」

さすがにいささか疲れたらしく、何度も小さく頷いて、この場を打ち切ったのである。


(幕命奉らずとは……!)

小出という人物の思いがけなさに、今さらながら幸四郎は肝《きも》を潰した。もちろん、今に始まったことではない。

元治元年(一八六四)に二十三で赴任し、小出奉行に仕えて二年。一度たりとも気を抜いたことはない。

いったん核心を捉えると、梃《てこ》でも動かぬところがあったのは、私情を越えたその信念と先見性によるのだろう。

しかし今度のカラフト巡見の命《めい》は、小出の建白によるものだった。この期《ご》に及んで幕命奉らずとは、いかなる翻身か。

幕臣にとって、お上への〝異議申し立て〟は、切腹も覚悟しなければならない。

箱館奉行経験者の切腹は、前例がないでもない。

初代の堀織部正《ほりおりべのしょう》は六年前、外国奉行になってから、老中安藤対馬守《あんどうつしまのかみ》と対立し、その夜のうちに自刃して果てた。四十三歳だった。

それに、外国へ使節団を送るとなれば大ごとである。

貨幣の価値が低い日本では、使節団にかかる費用は莫大な額になろう。長州との戦さえ予算ままならぬ財政では、老中の一存で決められることではない。大坂入りしている家茂の許可を得なければならぬ。

それをも厭《いと》わず実行に及んで、将軍から却下されれば、堀織部の二の舞いということになりかねない。

「しかし一体……何ゆえそのような……？」

一人が乗り出すように訊くと、橋本は角張った顔を頷かせて言った。

「緊急の情報が入ったのだ。あの地にはしかるべき責任者がおらず、まともな交渉は出来ないと。お奉行がわざわざ出向いても、それではラチがあかぬ。そこで昨日、急遽このように決断された」

「昨日……！」

「明日はその是非を巡っての評定である」

「自分は、前奉行にお味方致します」

思わず幸四郎が言うと、急にそんな空気が高まり、皆は頷き合った。

橋本は〝箱館城〟を守る家老のように、案じ顔で頷いた。幸四郎以上に小出に心服しているかれは、組頭としての信頼も厚い。

「しかし幕命放棄であれば、後に御沙汰が及ぶやもしれぬぞ。それだけは覚悟はしておけ」

きっぱり言って、橋本は出て行った。

四

結局、呑みに行く話は立ち消えになり、五稜郭の北にある役宅に帰ったのは、六つ（六時）前だった。

今日は早く帰ると言い置いたが、思わぬ事態で長引いてしまった。

「ああ、旦那様、つい今しがたまで、お客様がお待ちでしたよ」

玄関座敷に手をついて迎えた下女のウメが、しゃくれた顔で外を覗くようにして言った。以前は通いの賄い婦だったが、最近はここに住み込んでいる。

「客が？」

「ほら、あのお美しい蒲原《かんばら》のお嬢さん……、その辺でお会いになりませんでしたか」

「えっ、蒲原の……」

幸四郎はドキリとした。

郁《いく》どのが来たというのか。

「一人でか」

「はい。お留守と知ってがっかりされたようですが、もうすぐお帰りなると申し上げたら、半刻ほどお待ちでございました。でも若い衆がお迎えに来ましてね。この後どこかへ寄られるから、暗くならないうちにと……」

「伝言はなかったのか」

「はい、お訊きしたのですけど」

にわかに動悸が激しくなった。

「ちょっと見てくる。すぐ戻るから、食膳の用意は頼む」

手にしていた書物の包みを渡すと、そのまま外に飛び出した。

ほんのりと生暖かく、埃《ほこり》の匂いのする春の気が肌を包んだ。最近は季節とともに日が長くなり、冬の間は真っ暗だったこの時間、まだ暮れなずんで明るい。

それにしても何の用だろう。

故郷の美濃《みの》に帰るのだろうか。郁には婚約者がいると聞いているから、そろそろお呼びがあっても、おかしくない時期である。

そう思うと、何だか気が気ではなかった。故郷に帰ってしまえば、もう会うこともあるまい。

どこかへ寄るとすれば、どの道を通るだろう。

市街へ向かうなら、五稜郭からまっすぐ港の方へ伸びる大通りを通って行くだろう。

幸四郎は、桜の樹の多い五稜郭の周囲の濠《ほり》を廻って、小走りに大通りまで出てみた。

ここまでは防風林や茂みばかりで人けもなかったが、大通りに出ると、さすがに道行く人の姿がチラホラ見えてくる。だが郁らしい人影は見当たらない。

なおも大通りを進んでみた。左前方には箱館山が、茜色《あかねいろ》の夕空を背景に黒々と臥牛の姿で寝そべっている。

宵の口の薄闇に佇み、幸四郎は茫然と山を眺めた。

一瞬、山の向こうにかれが視《み》たのは、松前の大千軒岳《だいせんげんだけ》だった。

今月初め、小出奉行の密命を帯び、命がけで大千軒岳に潜入したことが、今は夢まぼろしのごとくに思い出される。

原生林に覆われ、ヒグマの出没する、険しい渓谷の奥……。そんな過酷な大自然を這い回り、〝暗号名ほうき星〟を討つという目的は遂げた。しかしながらその戦いで、率いていた精鋭四人のうち、三人を失う大痛手を負ったのである。

今も夢に見るその一人が、郁の兄、彦次郎《ひこじろう》だった。

幸四郎は当初、道案内をその父親で金山師の蒲原喜代次《きよじ》に依頼したのだが、出家して千愚斎《せんぐさい》となったのを理由に断られた。

その代わりに是非、とかれが差し出したのが、倅彦次郎である。

危険な任務に彦次郎を巻き込んだことを、妹の郁はどう思っていたのか。

箱館に帰還してから、幸四郎は何度か蒲原家に足を運んでいる。

だが応対に出るのはいつも千愚斎だけで、郁はついに一度も、かれの前に姿を見せなかった。

兄のことで深く傷ついていると思うと、幸四郎は胸抉《えぐ》られる思いだった。その郁が、自分を訪ねて来たという。

この自分を責めに来たのかもしれない。むしろそうであってほしかった。面と向かって責められれば、せめて一言、詫びを言うことも出来よう。このままでは、互いの間にさまざまな堆積物が入り込み、もう距離を縮めることは不可能だった。

そんな思いを抱いて、しばらく立ち尽くしていた。

だがもうとっぷりと暮れ、道に行き交う人々が、提灯を下げているのに気がついた。疾《と》く思いを断ち切って、幸四郎は引き返した。

人けのない道には闇が溜り、花の香りを含んでいる。

蛙《かわず》の鳴く声が辺りを満たし、濠の水の匂いがした。

深い物思いに沈んでいたせいだろうか。右横の茂みから黒い人影が躙《にじ》り寄ってくるのに、気がつかなかった。

耳元を斬るビュンというような音に本能的に反応し、横飛びに飛んで、黒い影めがけて刀を払った。

「何者っ！」

叫んだ時、はるか先の闇に提灯が揺らめいた。

自分を追ってきた下僕の与一であろう。足音に気づき、刺客はそのまま闇にまぎれ逃げ去った。

幸四郎は追う余裕もなく、その場に立ち尽くした。羽織の右袖が切られてわずかに垂れ下がっており、運が悪ければ、右腕までも垂れ下がるところだった。

一体何者が、何の目的で……？

まだ宵の口だが、最近、市中には、金目当ての辻斬りが横行しているのだった。

この町には藩を失った浪人者や、農地を捨ててきた逃散者《ちようさんもの》、仕事のない浮浪の徒などが、新天地を求めて続々渡ってきて、賭場や木賃宿などに溢れていた。

奉行所役人であれば、強制的にかれらを排除したり捕縛することもあり、何かで恨みを買った可能性もないとはいえない。

また度重なる火事で高騰する木材や、漁場を巡っての業者の熾烈な競争で、命をつけ狙われることもあろう。

だが幸四郎はたった今、鼻先を掠めた甘い花の香に、一瞬あることが閃いた。

（あれは女ではなかったろうか？）

もちろんそんな腕の立つ女に、心当たりなどない。

おそらく黒い影の敏捷な動きが風を起こし、大気に満ちていた花の香を、揺らがせたのだろう。

あの刺客が、自分を恨み抜いている女に思えるのは、幸四郎がそう望んでいるからに違いない。あの女が、郁と考えてはいけないだろうか。

郁が、自分を恨み抜いて、殺しに来たのだと。

そうである方が、無視されるよりいい。

「殿、どうされました？」

駆け寄ってくる与一の声に、はっと我に返った。

「曲者だが、大儀ない、袖を少し斬られただけだ……」

「それは剣呑な！　お一人の外出は控えられませんと」

「分かった、気をつけよう」

言って、ゆっくりと歩きだす。

幸四郎はこのところ、次々と降り掛かる公務に紛れて、大千軒岳で味わった憂いから少し遠ざかっていたのを思った。

しかし傷は癒《い》えてはいない。思い返せば、つくづくと感じるのだ。自分はまだあの〃任務〃から解き放たれていない……と。

五

翌二十三日。

杉浦兵庫頭が箱館奉行所の主となった、最初の日である。この日も、朝から爽やかに晴れ渡っていた。

奉行詰所には、小出大和守と目付織田市蔵が早々と詰め、緊張した空気の中、評議が始まった。

幸四郎は参考資料を揃え、いつ呼ばれてもいいように調役詰所に控えていたが、お呼びはかからない。だが奥の成り行きが、気になって仕方がなかった。

四半刻（三十分）を過ぎる頃、ちょうど詰所の外の廊下を近習の源七が通りかかるのを見て、思わず立ち上がって、呼び止めた。

「……うまく進んでいるか？」

顎で奉行詰所の方をしゃくって、さりげなく訊いた。

「はい、今のところは……」

今年十七歳になる源七は、利発で剣の腕に覚えがあるため、人払いの時などは、奉行詰所前の廊下に控えて張り番を仕《つかまつ》っている。

幸四郎がこの近習を捉まえたのを見て、組頭に在室を命じられている三人が、中へ入れろとしきりに手招きする。

幸四郎は、源七を詰所に招き入れ、皆で様子を聞くことにした。

「いえ、詳しいことは存じませぬ。ただ漏れてくるお言葉から類推すれば、評議はこんな具合でした」

と源七が、色白な頰を紅潮させて言うには——。

本題に入る前に、小出大和守がこう切り出したのである。

「貴殿を前にして今さら蛇足《だそく》ではあるが……まずは前提から申し上げる。カラフトには未だ国境がないが、だからといって、ロシアが領有を主張する根拠はどこにもない。同じく日本側が、わが領土という確証もないということでござる」

杉浦が頷くのを見て、小出は続けた。

〝カラフト〟とはもともとアイヌの呼称で、原住民のカラフトアイヌは、古くから松前藩に帰属する住民だった。

住民を支配していたという事実をもって、幕府は日本の領有とし、文化《ぶんか》四年（一八〇九）、カラフトを〝北蝦夷〟と呼ぶことに正式決定したのである。

ところがそれから五十年たった今、ロシア人がどんどん南下してきて、アイヌの人々を支配し始めている。

「〝誰が住民を支配しているか〟が領有の決め手であるのなら、これ以上のロシアの南下は放置できない。わが領有を確かなものとするためには、正式の〝国境画定〟が急務と心得ます……」

「然《しか》り」

杉浦奉行は大きく頷き、明快に言った。

「お説に、何ら異を挟む余地はござらぬ」

「しからば……。明快至極なその事実を前にして、何ゆえ幕府は、国境画定をかくも長きに亙《わた》って、放置してきたのか」

いきなり刃をつきつけるごとく、小出はそう迫ったという。

もとより、小出はその理由を承知している。

幕閣の間でこの問題は、まるで触れたくない腫《は》れ物のように避けられてきたのである。その裏には、内憂外患に晒された日本の国情があった。

だがそれだけではない。

二百五十年もの間、鎖国政策をとって来た幕府には、異国との交渉を恐れ、忌避《いき》しようとする、ほとんど伝統的な事なかれ主義がはびこっていた。

その元祖はおそらく、寛政《かんせい》改革を行った松平定信だろう。その頃から盛んになりつつあったロシアの南下に目をつぶり、何の手も打たないまま老中を下りたのだ。

小出は箱館奉行になってから、この現状に危機感を抱き、何度となく建白書を出して訴えてきた。

「カラフトは良質な石炭を豊富に埋蔵する宝の島だが、国境交渉なくばロシアに奪われます」

しかし松平慶永《よしなが》を初めとする幕閣は、この訴えを無視した。

それどころか江戸城に収まりかえる外国奉行らは、〝現場〟箱館からの急訴を、まっこうから否定したのだ。

「世界には、無法を許さぬ〝万国公法〟というものがあり、大国が弱小国を侵犯するなど、あり得ぬことだ」

〝公法〟など寝言に過ぎぬ、とカラフト現地では、足軽に至るまで知っている。

それを証明するごとく、昨年七月、ロシアの一隻の軍艦が、カラフト島西岸の久春内に入港した。……と見るうち百人を越える兵が上陸し、せっせと台場を築き、あっという間に二座の大砲を据え付けたのである。

「大国のこの重大な侵犯に対し、万国公法は、膏薬《こうやく》ほどの効き目もなかった。そのことは貴殿も先刻承知と存じます」

小出は理路整然と言った。

さらに第二の事件が、つい先月、すなわち二月半ばに起こった。

犬ゾリを走らせ領内巡見をしていた奉行所役人八名が、通りかかったイリンスキー哨所《しょうしょ》で検問を受け、百名近い兵士に取り囲まれ、乱闘となったのだ。八名はロシア兵に連れ去られ、兵舎内に拘禁されたのである。

急報は、箱館に届くまで二十日近くかかった。

折から杉浦は箱館への旅の途上にあり、事の次第を報せる小出からの御用状は、宇都宮の本陣に届けられている。

「これはわが国の無策につけこまれて起こった事件……」

小出の声はあくまで冷静である。

「あえて申せば、ご老中方の怠慢が原因でござろう」

「御説、相分かった。今のところ特に異論はござらぬ。ここでしばし休憩と致そう」

ここで杉浦は近習に茶を所望したという。

「……おい、支倉、そこの久春内の資料を組頭にお届けしろ。ついでにちょっと様子を見て来い」

続きを知りたくてたまらない海老原が、ついにそう命じ、他の一人も頷いて幸四郎を見た。

「あの橋本様のことだ。お人払いと言われても、ご自分はまた〝屏風《びょうぶ》〟の陰に陣取っておられよう」

海老原の言葉に、幸四郎は書類を抱えて立ち上がる。

「では、ちょっと行って参ります」

足音を忍ばせて、近習詰所まで行った。

そこは数人の近習の控え室で、茶室のように水屋があって各種の茶道具が並び、大火鉢にはいつも湯が沸いている。

奉行から所望があれば、いつでも茶盆を持って飛んで行く。

境の襖は開けられたままで、奉行執務室への通路には、古地図を描いた一双の屏風が立てられている。

その屏風の陰には、時に、じっと聞き耳を立てる者の姿があった。それは組頭の橋本であ。

案の定、今も〝屏風の君〟はそこに控えていた。事前に小出の許可を得ているため、近習らも見て見ぬふりをしている。

「念のため、資料を持参しました」

そばに寄って囁くと、橋本は黙って受け取り、早く去れと手で合図した。だが詰所からは、緊迫した声が漏れてくる。

　橋本のしかめ面を承知で、幸四郎はついその場にしゃがみ込んでしまった。

「……今や久春内は、ロシアの軍事拠点になっておるとな。であればなおのこと、貴殿は一刻も早く現地に駆けつけ、談判すべきではないのか」

　と、事を糺《ただ》す杉浦の太い声がする。

「宇都宮に届いた先般の御用状にも、北に向かう御決意が記されていたと記憶する。一体何ゆえ、御考えを変えたのか」

「実はつい最近、新たな情報が入ったのでござる」

　小出はやんわり受けた。

「国境交渉のために遣わされたカザケヴィッチ……。長官は、もう本国に引き揚げてしまったと。今は交渉するべき相手が不在であると……」

「しかし担当長官は不在でも、現地に兵がおるならば、頭目がおろう。下交渉ならば不可能とは限りますまい。ひとまず幕命を奉って、貴殿の目でカラフトの現状をよく見分し、その者と話してみられてはどうか？」

「時間の無駄でござる」

　小出はきっぱり言った。

「今、帳尻合わせに、付き合っている時間はあり申さぬ」

「…………」

杉浦は、しばしの沈黙の後、おもむろに言った。

「いや、幕府の無策ぶりは、もはや覆い隠しようもないのは確かであろう。ただ……開港から十年、幕府は未曾有《みぞう》の国難に見舞われてきた。その対応を迫られた徳川であれば、いちがいに怠慢と決めつけるのは酷でござろう」

「…………」

六

やりとりに聞き入る幸四郎には、小出の一文字眉が見えるようだった。幸四郎が相手であれば、〝だから？〟という反問が飛んでくるところだろう。

二十八で目付となり、二十九で箱館奉行に抜擢された才気縦横の小出。それに比して、杉浦は三十六で目付となり、奉行に登用されたのは四十になってからで、牛のような歩みの人である。

その態度は穏やかで、落とし所を探っているように慎重だった。

小出は黙したまま、相手の語り出すのを待っている。

「だからといって幕府の味方をするのではござらぬぞ」

杉浦が弁解するように言った。

「貴殿の申されることは、確かに正しい。とはいえご老中の指示なくご帰府とあっては、重大な法規違反となろう。幕閣内には、真逆の御考えのお方もおられるのだ。貴殿はまだ若く、徳川の今後を背負って立つべきお人なれば、ここは慎重な御振る舞いがしかるべきと存ずるが……」

小出は沈黙のままだ。

さらに杉浦は言葉を重ねた。

「せめて御老中にそのむね建白し、御返答を待ってはいかがか？」

「……とすれば、書状の往復に二十日はかかります。今はその時間が惜しい。一刻も早く帰府し、御使節派遣を進言すべきであろうと」

「しかしながら、江戸の実情を知る者として、そのお考えには賛同致しかねるのだ」

杉浦奉行は、なお太い声で反論した。

「そもそも板倉老中も家茂公も、今は江戸にはおられぬぞ」

「それがし、急ぎ江戸に帰参してから、ただちに大坂まで説得に出向く所存にござる」

「長州との戦は、徳川にとって正念場となろうから、あらゆる面で万全の備えに大わらわでござろう。それ以外のことに、耳を貸される余裕がおありかどうか」

「いやしくも政《まつりごと》の府、〝それ以外〟への対応がなければ、問題です」

「ふむ、それは正論かもしれん。だが今は国難の時……」

杉浦は食い下がった。

「ロシアもわが方の足元を見て、高姿勢に出ると考えられる。この交渉は、内乱が収束し、国力の回復を待ってからに致す方が、有利に展開するのではなかろうか」

「収束の見通しはいかがか。ロシアは刻々と、かの地を蚕食《さんしょく》しておるのですぞ」

「されば……」

杉浦は考えるように首を傾げた。

「仮に御使節派遣が通ったとして、実際に国境交渉がなされるまで、早くて半年……。それだけの長期間、いかに持ちこたえるのか、その猶予策はいかに」

「その猶予策については……」

と初めて、織田目付が低い声で口を挟んだ。

「今後、多数の日本人を、北蝦夷に送り込む所存にございます。猟師や足軽ら、出稼ぎ人を増やすことで、南下してくるロシア人を押し返そうと……。されど、ロシア政府と正式に掛け合い、公正な協定を結ばぬ限り、今後こうした暴挙は繰り返されましょう。それを思うと……」

その声は低くて消え入りそうになり、最後の言葉は幸四郎には聞き取れなかった。

「その儀にはいささかの異論もござらぬ」

再び杉浦の声が続いた。

「しかし当面、大和守殿は久春内に赴かれ、まずは幕命を全うされるという筋道が、最も理に叶っておると存ずる」

するとまた織田の声が響いた。

「カザケヴィッチが去った後、久春内を支配している指揮官は、ミンチュクなる中尉と聞きます。この中尉どのは、自国が日本と和親条約を結んでいることとさえ、知らなかったそうですぞ。現地の役人からの報告によれば〝文字も通わぬ下賤の輩《やから》〟であると……」

「…………」

「お奉行が赴けば、蛮力をふりかざし攻撃してくる可能性さえあります。久春内の港には大砲が備えられ、戦になっては、我が方はとても太刀打ち出来ません」

杉浦は言葉を返さず、息詰まる沈黙が続いた。

「………」

やがて聞こえたのは、その一言だった。

「ふむ、了解致した」

「今般、大和守殿が幕命返上されるのは、万《ばん》やむなきことと、承知つかまつった。現地へ行っても話すべき相手を違えては、まとまる話も壊れよう。微力ながらそれがし、持てる力を尽し、中央の説得に協力致す所存にござる」

「かたじけない」

小出が頭を下げる気配である。

「いや、頭を上げられよ」

杉浦が言う。

「この杉浦は頑固者ではあるが、石頭ではござらぬぞ。職務上、申すべきことを申したまでのこと。今からすぐにも御老中宛に書状を認め、急便にて送ることに致そう。貴殿は、当地での御用が済み次第、江戸からの御返事を待たずに急ぎ江戸表へ発たれよ。後はそれがしが引き受ける……」

幸四郎は目を上げ、橋本の目を捉えた。

互いに無言だったが、通じるものはあった。

幸四郎はそっと立ち上がり、外に出ようとして驚いた。

近習部屋の入り口には、かの同僚たちが控えていて、そこまでは届かぬ評定の声を、何とか聞こうと耳を澄ましていた。

「〝幕命奉らず〟です」

小声で幸四郎は言った。

「おう」

と声が上がった。その時、何かしら熱いものが胸にこみ上げるのを感じた。そう、この同僚達と同じく、自分も小出前奉行にお味方する者なのである。

小出の主張するところは、箱館奉行所の総意だった。

そう思った時、江戸から遠い寒冷地で苦楽を共にして来たこの者たちが、ひどく身近に感じられた。

ちなみにカラフトを巡る長い道のり――。

事なかれ主義とはいえ、幕府はロシアとの間で、何度も国境画定を協議してきたのである。

安政元年（一八五四）には、ロシア全権プチャーチンと幕府全権川路聖謨《かわじとしあきら》によって。だがその時、ロシアはカラフトの全島所有を主張する高姿勢だったから、まとまるはずもなかった。

次にこの難問に挑んだのは、切れ者と評判高い、かの老中安藤対馬守《あんどうつしまのかみ》だった。

安藤は文久二年（一八六二）、初代箱館奉行を終えた竹内保徳を正使とし、〝北緯五十度を堅持せよ〟と命じて、首都ペテルブルクへ送り出した。

だがロシアの高姿勢は相変わらずで、この会談もまた物別れに終わった。

ただこの時、

「今後この交渉は、カラフト現地で、双方立ち会いの上で続けよう」

と申し合わされたのが、せめてもの進歩だった。

ロシア側はそれを受け、沿海州軍務長官カザケヴィッチを交渉掛として派遣し、アムール河口のニコラエフスクでの交渉再開を求めてきた。

この時、日本側も、ただちに幕吏を派遣するべきだった。

それを怠った徳川幕府には、〝非〟があったのだ。

だが安藤老中が坂下門外の変で失脚してから、幕府は傑出した為政者を欠き、事なかれ主義に逃げ込んだままで、二年を浪費してしまった。

「交渉再開なくば、カラフトは奪われます！」

そう主張し続けてきた小出大和守が、ついにその幕命をも返上し、王手をかけたのである。

事に及んで、こうした強硬な態度も辞さぬ小出大和守だった。

七

目の回るように忙しい日々が続いた。

ここ数日、小出大和守は何事も問題はなかったように、新奉行を連れて、勢力的に領事館への挨拶回りをしていた。

おかげでその随行を仰せつかった幸四郎は、ひどく忙しく、気が休まらない日々を過ごしていた。

そんな四月末のある日、雲間にのぞく青空のような〝閑《ひま》〟が、突然ぽっかりと訪れた。

幸四郎は定役の杉江甚八《じんぱち》を供に、騎馬で五稜郭を抜け出した。

予定表には、〝湯川の御手作場《おてさくば》（幕府の開拓農地）巡見のこと〟と記した。

たまにこうした息抜きも必要なのだった。

一歩、五稜郭の敷地を出ると、そこには荒漠たる原野が広がっていた。もともと五稜郭と役宅は、原野を切り拓いて造られたのだ。

原野には、珍しい花々が咲き乱れ、蝦夷地にいるのだという気分を改めて実感させてくれる。

この日は一刻（二時間）ほどかけて御手作場を回り、その責任者と昼飯をつかいながら、あれこれ開拓の苦労話などを聞いた。

再び馬上の人となると、かれは馬首を巡らして、湯川から松倉川《まつくらがわ》沿いの道に入った。この上手《かみて》にある温泉宿『一本桜《いっぽんざくら》』まで行き、主人蒲原千愚斎の見舞いに行くのである。千愚斎はここしばらく風邪の症状が抜けず、寝込んでいるという。

実のところは、千愚斎の見舞いにかこつけ、郁と会うのが目的だった。郁は先日、わざわざ自分を訪ねてきたのだから、今度は会ってくれるだろう。

川音が響くこの山道を、与一を連れて初めて辿った時のことが思い出された。あの時はまだ春浅く、木々も芽吹いていなかったが、今は春爛漫で、山の背のあちこちに桜が白く咲いていた。

〝一本桜〟という標識の出ている三叉路で、馬を下りる。

このまま左の道を進めば下湯川村《しもゆのかわ》であり、右に川沿いの道を辿れば、温泉宿『一本桜』に辿り着く。

地名の由来である大きな桜の木が、今は満開であるのに目を奪われた。前に来た時は、蕾《つぼみ》もまだ固かったのだが……。

ここからは二人とも馬を下りて、チシマザサの生い茂る道を、徒歩で奥へと辿る。

宿の門を潜り、あの田舎家の前で汗を拭いていると、小柄な老人が飛び出して来た。番頭の兵助《へいすけ》である。

「やっ、こ、これは支倉様。遠路はるばる……」

兵助は驚いたように言い、手を取るようにして幸四郎を中へ導き入れた。土間にいた女中に茶を命じ、幸四郎を上がり框に座らせて、手焙りを引き寄せた。

「山はまだ冷えますからな。あの……」

「ああ、いや、たまたま近くまで来たから、主人千愚斎の見舞いに立ち寄っただけだ」

「おお、そうでございましたか。それはまことに有り難うございます。しかし実は、その、まことに申し訳ないことながら、主人は留守でございまして」

「……病は治ったのか？」

「はい、本復《ほんぷく》とまでは参りませんが」

「して、どこへ出掛けたか」

「はい、美濃にでございます」

「郁どのは？」

「お嬢様もご一緒でございます」

「…………」

深い落胆が幸四郎を襲った。前に来た時と同じ状況だったが、今はもっと落胆が深かった。

「美濃へ……何のために？」

「へい、彦次郎坊ちゃんのことやら、お郁嬢様のことで……」

兵吉は腰をかがめ、茶を出しながら曖昧に言う。

〝お郁嬢様のこと〟とは何のことか、幸四郎は聞き糺す勇気がなかった。おそらくそれは、郁の結婚を意味するからである。

「では……千愚斎はいつ戻るのか」

やっとそれだけ言った。

「それは、たぶん秋の頃になりましょう」

番頭は首を傾げている。

千愚斎はつい先頃、かの大千軒岳へただ一人で巡礼し、彦次郎の没した地を訪ねて、供養して来たのだという。

「来年の御命日には、また行かれると申しておりましたから……」


幸四郎は茶を一杯馳走になっただけで、宿を後にした。

郁の消息については、とうとう口に出さずじまいだった。

郁は先日、最後の別れを言うために、役宅まで訪ねて来たのだろう。そしてあの後、祝言を挙げるため、美濃に帰ったのである。

それが正しい答と知っていたから、幸四郎は言葉もなかった。今まで忙しさに紛れ、さして感じなかった不在感が、胸に迫っていた。いつかは……とぼんやり考えていた郁はもうこの地にはおらず、戻ることもないのだ。

川沿いの道を三叉路まで、一気に走り出た。そこで佇み、馬を引き連れ遅れて追いかけて来る杉江を待っていると、ふと強い花の香に包まれた。

原生林が生い茂るその辺りに、大きな桜の木がたった一本。人っ子一人通らない薄暗い道に、密密と満開の花を咲かせた枝を差し伸べているのだった。

先ほども見て通り過ぎたこの花に、かれはふと呼び止められたように感じた。

この道を、千愚斎や郁や彦次郎は、何回となく通っている。

そこに佇む花は、一家の修羅をつぶさに見てきて、今また、幸四郎のそれを見ているのだ。

修羅を見るほど、花は美しく咲き誇るものなのか。

日頃あまり花など愛《め》でたことのない幸四郎は、初めて魅入られたようにそこに立ち尽くした。

第三話　飛べ、小鳥よ、飛べ fly littlebird fly

一

「……その者は、何も喋らんのです」

柔らかい日差しの中を歩きながら、支倉幸四郎が言う。

「初めのうちは、身振り手振りで喋ったようなのですが、どの国の言葉か誰も分からない……」

「おっと、そいつは異人なのか」

肩を並べていた最上徳内《もがみとくない》は、眩《まぶ》しげに目を向けた。昨夜、船でカラフトから着いたばかりのかれに、溢れるばかりの春の光は眩しかった。

「あ、そうです」

「大事なことは早く言え」

「うっかりしてました」

幸四郎は肩をすくめて苦笑し、白い歯を少しのぞかせた。

「はい、その者は異人であるばかりか、国籍不明者でして……」

「ほう」

「何しろずっと黙り込んでいるんで、調べがさっぱり進まんのですよ」

言いつつ奉行所の外れにあるお白州の裏に回り込み、木洩れ陽の射す獄舎の前で足を止める。

牢役人は、幸四郎の顔を見ると鍵を開けた。

奉行所のこの獄舎は、囚人を一時留め置くための仮牢で、本牢は箱館山麓の南部《なんぶ》屋敷下にあった。

こうした異国の囚人は普通、領事館に引き渡すまでのせいぜい一晩、収容しておくだけである。ところがこの異人はここに来て、もう七日めになる。

引き渡し先が、未だに判明しないのだ。

「どうぞ」

牢役人に導かれて中に入ると、薄暗い中に太い格子の嵌《は》まった牢がある。武士用の座敷牢だった。

徳内と幸四郎は並んで立ち、格子の隙間から中を覗いた。

房内は広めで、雑居房のような悪臭はないが、異人に出すらしいスープ類の脂っこい匂いが漂っている。

高い所にある換気と明かり取りを兼ねた小窓から、白いおぼろな光が射し込んでいる。だが男は、光が射さない隅っこの暗がりに踞《うずくま》って、怯えたようにこちらを見ていた。

年齢は正確には分からないが、三十代ではあるだろう。痩せている割に、骨太ながっしりした体つきだった。

肌は白人らしく赤らみ、こけた頬は茶色の頬髭に覆われ、額に垂れる赤毛は、もじゃもじゃのまま後ろで束ねられている。

出っ張った額からなだれ落ちるように眼窩《がんか》が窪み、その奥から青い目が、強い光を放っていた。眉は太く、よじれ、唇は殴られたように紫色に膨れ上がっていた。

徳内は頑丈な格子に手をかけ、中をじっと覗いて言った。

「むろん、通詞は呼んだんだろうな?」

「それはもう……。ロシア語はかの志賀浦太郎《しがうらたろう》、英語とオランダ語は、堀達之助《ほりたつのすけ》大先生に来てもらいました。フランス語、プロイセン語の通詞も呼びましたよ。もちろん領事館にも問い合せてあるんですが、それがもう七日になるというのに、まだどこからも引き取りに来ないのです」

「それじゃ、国外退去しかなかろう。しかし、一体何の咎《とが》で捕われたのだ？」

「それは後で話しますが、先輩、予備知識なしに、まずはロシア語で話しかけてみてくれませんか。自分にはどうも、ロシア人のような気がするのですよ」

「いきなり話せったって……」

徳内は眉をひそめた。かれはまだ陸にいる気分ではないらしく、頭がまとまらないと言った。

「ご先祖は、言葉が通じなくても、原住民と話したそうじゃないですか」

「先祖は先祖、おれはおれ。ただのカラフト詰の役人だ」

徳内はむっとしたように言い、沈黙した。

少し怒らせなければ、この四代目徳内は燃えない。

そのことを、幸四郎はよく心得ていたし、徳内自身も承知していた。

雪焼けした黒い顔に頬髭を蓄え、頑丈な体格だが、そんな強い印象をどこかで裏切る何かが、かれにはあるのだった。

どうであれ、先祖が偉過ぎたというのは確かである。

初代〝最上徳内〟といえば、田沼意次の命《めい》で、初めてカラフトに渡った著名な蝦夷探検家である。

だが四代目は、その先祖と血のつながりはない。

かれは作州《さくしゅう》（岡山県）津山《つやま》の大庄屋に生まれたが、江戸に出て御家人株を買い、十五歳で最上家に入った〝ご養子さん〟なのだ。

その〝徳内〟の威力で、二十二で箱館奉行所の調役並に抜擢され、しばらくエトロフに詰め、二十代終わりに調役に昇進し、カラフト詰になった。現在は三十三歳。

箱館奉行所には時々、上訴や報告のためやって来る。

そのたびに、どこかウマが合う若い幸四郎に声をかけ、夜を徹して呑むのである。

真面目で飾り気のない四代目は、年下のこの同僚が、何となく好きだった。酔い潰れて見苦しい修羅場を演じても、翌日はサラリと笑い合える。

先祖の話を出されて、案の定、徳内は不機嫌だった。

身丈に合わない着物を肩上げして着せられているように、ご先祖の名を出されると、妙に居心地が悪いのだった。

おれはしょせん〝徳内〟にはなれん、との思いがある。

そもそも初代徳内は、天才だったのだ。

出羽《でわ》の貧農の子に生まれたが、算学の才に恵まれ、江戸に出て行商しつつ塾に通った。難解な西洋測量術をまたたく間に習得して、師の賞賛を浴び、時の老中田沼意次による〝蝦夷探検隊〟に推薦してくれたのである。

徳内は、測量竿を担ぐ〝竿取り奴〟として加えられた。

この竿取り徳内が、暗黒の島といわれた蝦夷ガ島の、日本初の実測地図を作り、武士に取り立てられ著書も出した。

天才は測量ばかりでない、言葉の通じない原住民と親しくなることにかけても、人並みではなかった。誰もが尻込みする未開のエトロフ島へ、単身乗り込み、そこで遭遇した赤人（ロシア人）と、すぐに親しくなったという。

そんな昔話にこと寄せて、自分をだんまり異人の応接に駆り出したこの幸四郎が、何とも小面憎《こづらにく》かった。

（やってらんねえよ）

とかれは胸の中で呟いた。

おれは〝徳内〟じゃァねえんだ。確たる才能も、輝かしい業績もない。それどころか温暖な作州生まれのせいか、寒さが苦手で、すぐに風邪をひいて寝込む人間だ。

（大きな声じゃ言えんが、おれァどうも、蝦夷には向かない）

密かにそう思っている。

いや、蝦夷にではなく、〝徳内〟に向いていないのかもしれぬ。

調役まで昇進すれば〝ご先祖様の七光〟と言われ、何かしくじれば〝やはり御養子さんは……〟と陰口を叩かれるのだ。

〝やってらんねえよ〟と酔っ払えばいつもぼやくため、いつしか〝ぼやき徳内〟というあだ名までついている。

かれはつい今しがた、新奉行に目通りして来たばかりだった。

小出大和守に会いたくてカラフトを出て来たのに、会えず、着任したての新奉行に現状報告をするはめになった。

（こんな時に新米奉行じゃ、やってらんねえ）

と内心ぼやきつつ、調役詰所に顔を出したのだ。

すると書き物をしていた幸四郎は、ふらりと入って来た徳内の顔を見て笑顔になった。

「やっ、先輩、お久しぶりです。今回は何日の滞在で？」

「ゆっくりもしておれんよ。宗谷《そうや》行きの船は七日後だ、それに乗ってまずは宗谷まで行って、カラフト行きの便船をつかまえるつもりだ」

「で……今日はこれからどこかへ？」

「今日は忙しい。人と会う予定だから、悪いが今夜は付き合えんぞ」

「いやいや、今夜でなく、今お付き合い願いたいと……」

「え？」

「実はたった今閃いたんですが、ちょっと会って頂きたい者がいましてね。何と言うか、先輩はその……他人に安心感を与えるところがあるから、この者とも話せるかなと……」

などと幸四郎は調子のいいことを呟き、有無を言わさず連れて来られたのである。

二

「……ちょっと中に入ってもいいか」

憮然とした顔で中を見ていた徳内は、ふと何か感じるところがあって、小声で言った。

「あ、自分もお供します」

幸四郎が申し出た。

「いや、一人で入らせてくれ」

たとえ血はつながっておらずとも、徳内の跡継ぎとして名乗りを上げた者だ。十年に及ぶエトロフ詰をつつがなくこなし、数多くのロシア人とも渡り合ってきた実績もある。

ムッとしたせいか、こんな気概が沸いてきたのである。

「そうですか、分かりました」

幸四郎の指示で牢役人が鍵を開けると、徳内は黙って刀を幸四郎に預け、丸腰で中に入った。

異人は立ち上がりもせず、畳に腰を下ろして踞ったまま、黙って見返してくる。侮っているのか、恐れているのか、その表情からは何も読みとれない。

だが目の奥に、何か深い哀しみが宿っているのが感じられる。

徳内はお構いなしに相手の前に立つと、やおら信じられない行動に出た。自分の唇に両手を当てて、ピーピーピー……といきなり口笛を吹いたのである。

するとそれに続いて、さらに信じられないことが起こった。

クックッ……ピリーリー……。

あたかも口笛に共鳴するかのように、澄んで美しくもゆるやかな鳥のさえずり声が、聞こえてきたのだ。

それも、男の体のどこかからである。

男は弾かれたように背筋を伸ばし、外套の内懐に右手を差し入れた。格子戸の外からそれを見た幸四郎は、思わず刀に左手を置き、鯉口を切った。

短銃を取り出すか……と思ったのだ。そんな武器を、囚人が持っているわけはないのだが。

男は外套の内懐にそっと顔を近づけ、何やら低い声で囁いた。

すると、また澄んだ鳴き声がゆっくり響いた。

クックッ……ピリーリー……ジジジッ……。

一瞬、緊張の静寂が房内を満たした。

「鳥を出すのだ!」

徳内は異人に日本語で命じ、手振りで合図した。

その意味が男は分かったらしく、のそりと立ち上がった。

立ってみれば、六尺以上の大男だった。大きな毛むくじゃらの右手をそっと上着の中に入れ、神妙につまみ出したのは、スズメ大の小鳥である。

同時にその時、懐から、パラリと二つ折りの紙が落ちた。

徳内は、飛びつくようにして素早く拾い上げる。

開かれた手鏡大の紙面には、女の顔が、消し炭らしいもので描かれていた。目、鼻、口だけがはっきり描かれ、髪型はぼかされていて、チラと見ただけでは女の国籍は分からない。

もっとよく見ようとしたとたん、男は恐ろしく顔を歪め、徳内の手から紙を引ったくって、内懐にねじ込んだのである。

男の手にある鳥は、たいそう美しかった。頭部から背にかけて瑠璃《るり》色（青）、腹の毛はふさふさと真っ白で、青と白の対比が鮮やかだった。

「も、申し訳ございません！」

格子戸の外で見ていた牢役人が、突然叫んで、頭を下げた。

「外を散歩させている時に、鳥を拾ったらしいのでありますが、大儀なかろうと見て見ぬふりを……」

「分かった、それは構わん」

幸四郎が手を振って制し、再び小鳥に目を移した。

大きな掌にチョンと乗っている小鳥に、大男は低声《こごえ》でしきりに何か囁きかけていたが、飛び立つ気配はない。

するとと徳内は小鳥を指さし、幸四郎には分からぬ異国語で何か訊ねた。

相手は突っ立ったまま、少し背丈の低い徳内を見下ろし、また小鳥に目を移し、そのまま何も答えなかった。


「先輩、一体なぜ、鳥を匿《かくま》っていると分かったんですか？」

外に出てから、すぐに幸四郎は訊ねた。

「なに、糞の臭いだよ」

徳内は笑って答えた。

「微かだが、フッと鼻を掠めたんでね。カラフトに居れば、少なくとも嗅覚、聴覚は研ぎすまされる。あの鳥はあそこで、四、五日は飼われていたんじゃないかな。そうだろ？」

「はい、確かに、四日ほど前から飼っているようです」

と若い役人は首をすくめた。

「いつも何かしらぶつぶつ鳥に話しかけているので、取り上げるのも酷だと思い、つい大目に見てしまい……」

「鳥ぐらい構わんさ。な、文倉？」

「はい、それは構いませんが、で一体、何語なんです、あの者が鳥に向かって話しかけていたのは？」

　幸四郎が乗り出して訊いた。

「ギリヤーク語だ」

「ギ、ギリヤーク？」

　幸四郎は声を上げた。

　ギリヤーク人はカラフト島北部から、大陸のアムール河下流域にかけて住んでいる少数民族の一つである。

「これは想定外だったな……ではギリヤーク人ですか？」

「とも限らんよ。英語を話せるからといって、イギリス人とは限らんのと同じさ」

　牢役人をその場に残し、幸四郎は、寒い地方から来た先輩を、緑美しい五稜郭の散策に誘った。

「確かに。あの者はどうもギリヤーク人というより、ロシアとかプロイセンとか、西欧を思わす風貌ではありませんか」

土手を並んで歩きながら、改めて幸四郎が言った。

「……それは分からん。ただギリヤーク人には、様々な人種の血が混じっているようだ。よく見るような、背の低いずんぐりした体型ばかりじゃない」

言って徳内は、気持ち良さげに立ち止まる。

緑が美しく色づいてきた木々を、目を細めて見上げた。この香ばしい若葉の香り、柔らかい空気、優しい空の色……。

半年を雪と氷に閉ざされて過ごすカラフトの日々が、遠くに思われたのだろう。こうした景色、色、匂い、空気に飢えているように、軽い伸びをして言った。

「まあ、おそらく混血だろうな。たぶんロシア人との」

「そう思います」

「人種はともあれ、身につけてる服装からして、たぶんロシアから来たんじゃないかと思う」

「なるほど……で、鳥にはギリヤーク語で何と？」

「〝飛べ、小鳥よ、飛べ……〟かな」

徳内はそれを、日本語とギリアーク語で言った。

「ギリヤーク語を話せるとは、さすが先輩……。それで、あの紙には何が描かれていました？」

「女の顔だ。たぶん想い人だろう」

言って、徳内は肩をすくめた。

「おれは、ギリヤーク語で訊いてみたんだ。あの女は誰だ、とね。だがやつは、何も答えなかった。どうしてこの鳥は逃げないのか……とも訊いた。お前はどこから来たか、名前は何というか、悪いようにはしないから正直に答えてほしい、とさらに話しかけたのだが……」

何も覚えていない、と言いたげに相手は首を振り、肩をすくめただけだったという。

「もしかしたら、天狗に運ばれてきたのかもしれない」

「天狗ですと？」

「つまり、記憶がない。記憶喪失というやつだ」

「うーん」

幸四郎は唸って、口許を疑わしげに歪めた。

「本当ですかね。記憶喪失とは、都合悪くなった時の常套手段でしょう」

「いや、そうとも限らんさ。あり得ることだ。船が難破して海に投げ出され、どこかの岸に流れついたが何も覚えてない……なんて話、よく聞いたよ」

「そのフリをしている可能性もあります。母国語を喋るとまずいことがあるため、誰も知らないギリアーク語を使い、記憶喪失を装っている……」

「それもあり得ないではないが、うーん、どうかな」

腕を組んで徳内が唸る番だった。

三

「もう少し歩いても構いませんか？　実は先日、オランダ通詞の堀殿から面白い話を聞いたのです」

「ああ、ここは気分のいい所だな、この濠を少し回ってみよう」

再び並んで歩きだした。

木々の枝を小鳥が数羽、鳴きながら渡っていく。

「昔、今からそう……二十年くらい前ですか、遭難者を装って、日本に密入国しようとしたアメリカ人がいたそうですよ」

堀達之助は、小出奉行の通詞をつとめている。

小出は早くから、優秀な通詞を箱館に遣わしてくれるよう江戸表に掛け合って、堀が回されて来た。

かれはペリー来航時に、首席通詞として、初めて米艦サスケハナ号に乗り込んだ人物である。当時、重要な外交折衝《せっしょう》は、オランダ語で行われたのであり、かれは長崎オランダ商館で、本場のオランダ語を鍛えたという。

英語にも精通していて、かのアイヌ墳墓盗掘事件では、ワイス領事と小出奉行の息詰まる折衝に、英語通詞としてのぞんだ。

幸四郎はこの堀に頼んで、〝ギリヤーク人〟と会話を試みてもらったのだが、やはり石のごとき沈黙にはね返された。

「……昔、こんなことがありましたよ」

と堀は思い出すように首を傾げ、話してくれたのだ。

「ペリーの何年前でしたかねえ。遭難者を装って、密入国を試みたアメリカ人がいたのです」

マグドナルドという若い捕鯨船の船員だった。

二百数十年も国を閉ざしてきた東洋の謎の国に興味を持ち、警備の手薄な北を狙い、利尻島《りしりとう》の沖で捕鯨船から小舟で下ろしてもらって、遭難者を装ったという。

「ハウドゥユドゥ……」

と利尻島では、純朴なアイヌの人々に話しかけた。身振りで遭難を訴えると、大いに同情され、親切に遇された。しかし報を聞いて松前から駆けつけた役人は、密入国を疑って厳しく取り調べ、結局は長崎に送ったのである。

そこでさらに詮議されることになったが、若いオランダ通詞たちは、これを英語を学ぶいい機会と考え、この青い目の密入国者に英会話の講義を請うた。

その中に堀はいなかったが、その弟が参加したという。

ペリーの黒船軍団が浦賀に姿を現したのは、マグドナルド青年が母国に強制送還されてから、五年後のことだった。

マグドナルドに教わった弟子たちは、この時、英語通詞として大いに活躍した。世界の共通語が英語に変わりつつある時代の変化を、堀はその一件から肌で感じとったという。

二人はすでに澪を半周していた。

澪には小舟が出ていて、水面に浮かぶ木の葉などを網で掬《すく》っている。その清掃舟にしばし視線を向けていた徳内は、目を幸四郎に移して訊いた。

「しかし……あの〝ギリヤーク人〟、遭難者を装っているとも見えんがな。どうしてそう思う？」

「所内では、ロシアの密偵ではないか、という説が強いのです。あの者は、古武井《こぶい》の海岸をうろついていて、捕まったんですからね」

その地は渡島《おしま》半島の東端に突き出す、恵山岬《えさんみさき》の近くにある。

堀織部が奉行だった頃、そこに鉄を溶かす洋式高炉を造り、大砲を作らせていたという。

古武井か……と徳内はその名を口の中で呟き、声を低めた。

「あそこの溶鉱炉、今はもうないんだろう？」

「……と言われてますがね。高炉は暴風雨で設備が流され、廃炉になったと」

実を言えば、幸四郎もよくは知らない。

そこの洋式高炉の存在は知っているが、国家機密のため一般には極秘だったし、奉行所役人でも、許可なくその記録を見ることは出来なかった。

「高炉の状態を探るため、ロシアが密偵を送り込むことはあり得ますよね」

「それはそうだが……」

「奉行交替でてんやわんやのところへ、国籍不明の怪人の出現……。何だか狙い澄ましたようじゃないですか」

「そうかね、偶然としかおれには思えんが。分かった。ま、明日もう一度会ってみよう。本物の記憶喪失か、密偵か、おれもよく確かめてみたい」

徳内は興味が沸いたらしく、そう約束して別れた。


ちなみに〝古武井溶鉱炉〟について――。

恵山岬といえば、エゾヤマツツジが名物の景勝地である。

だが歴史をひも解くと、この恵山は、そう柔《やわ》な観光山ではなかったようだ。

海峡を挟んで南の下北半島には恐山《おそれざん》があり、恵山はそれに匹敵する、北の霊山だったという。霊山たりえたのは、ここが活火山で、異様な岩や風景が見られたことにもよるだろう。

また近くの古武井の浜には、噴火湾から流されてきた砂鉄が、豊富に沖積《ちゅうせき》していたらしい。

その砂鉄に目をつけたのが、初代奉行の堀織部正だった。

箱館は対ロシアの国防最前線だったから、豊富な砂鉄から鉄を作り、自前で大砲や武器を製造しようと考えたのだ。

その案は大いに幕府に奨励され、安政五年、我が国では初の〝洋式高炉〟が完成した。

設計者は、この後に五稜郭を設計することになる武田斐三郎《たけだいさぶろう》。

だが高炉は嵐で壊れ、文久二年《ぶんきゅう》頃に閉ざされたとされる。

しかし維新後まで鉄が作られていたという文献もあり、何か国家機密でもあったのか、と今もってミステリーのようだ。

四

〝ギリヤーク人〟かもしれぬかの異人は、七日前の午後、その古武井の浜に寝そべっていたのである。

空はどこまでも青く、気持ちのいい海風が吹いていた。

その姿を、海上から遠眼鏡でとらえたのが、海岸沿いに湯川《ゆのかわ》に向かっていた奉行所の警備船である。

異人は眠っていたか、近づいてくる船に気がつかず、はっと気づいて逃げようとした時には、三人の役人がザブザブと水の中を走って来たのだ。

異人は数歩逃げただけで捕えられ、役人にあれこれ訊問された。

い。

「お前は誰だ」

「ここで何をしておる」

男は身振り手振りで何やら懸命に話したのだが、その言葉は役人にはまるで通じない。

「遭難者か……」

纏《まと》っているぼろぼろの外套から、役人はそう言い合った。

だが砂浜に乗り捨てられた小舟を調べた一人が、そこに描かれている屋号に気づいたのだ。

「おい、これは〝三州屋《さんしゅうや》〟の舟だぞ！」

三州屋といえば、湯川の手前の大森浜《おおもりはま》に蔵屋敷のある、地元では名の通った網元《あみもと》だった。釣り船を何艘か持って漁を営んでいたが、その舟の横腹には、屋号の〝丸に三の字〟が記されている。

「お前はこれに乗ってきたのか？」

「舟をどこで手に入れたのだ？」

舟を指さして矢継ぎ早に質問すると、男は急に口を噤んだのだ。

何一つ言わなくなった男の処遇に窮し、役人は男を奉行所に連行して来た。

だがかれらはすぐ、別の事件を知らされることになった。

その朝、箱館山東端の立待《たちまち》岬《みさき》の浜で、中年とおぼしき男の死体が発見されたというのだ。

発見したのは、市中警戒の鑑札を持つ、五十集《いさば》商人（生魚仲買人）である。

昨今の箱館では、役人の数には限りがあるのに、異国船の水夫らの暴力沙汰が頻発する一方だった。手を焼いた奉行所は、窮余の策として、若い魚売りたちの威勢の良さに目をつけ、市中の巡邏《じゅんら》を請け負わせたのである。

かれらが騒乱の現場に居合わせた時は、公人として仲裁する権限が与えられたし、死体を発見すると、検《あらた》めることも許されていた。

その死体はまだ新しく、着物と帯を身につけており、帯に括《くく》りつけられていた革製の煙草入れには、三州屋の紋があるのが見つかったのだ。

三州屋は、立待岬からなだらかな曲線を描く大森浜の北端を本拠地として、手広く漁業を営んでいる。先代までは室蘭《むろらん》の漁場を請負っていたが、地元アイヌを酷使して奉行所の手入れを受け、室蘭を退いたのだ。

さっそく連絡が取られ、主人の伝五郎《でんごろう》が二日前に釣りに出掛けたきり、帰っていない事実を突き止めた。すぐに家族が現場に駆けつけて、死体が伝五郎だと認めた。

調べてみると、頭部に裂傷があったが、凶器で殴られたものか、海中で頭を岩に打ち付けたものかは不明。

古武井海岸まで乗って来たと思われる三州屋の舟を、異人はどのように手に入れたかも、不明である。

ただ異人の衣服を検めると、小判三枚に二分金を数枚、それに蝦夷地のみで通用する小銭〝箱館通宝〟を少々持っていた。

異人はどこかで伝五郎と遭遇し、櫂《かい》のような棒で殴って殺した上、金と小舟を奪ったのではないか？

その舟で、溶鉱炉を探るため古武井を目ざしたのでは？

奉行所側がそう疑ったのも当然だった。

しかし男は口を閉ざしたきり、何を訊いても喋らなくなってしまった。おまけに、照会したどの領事館からも、引き取りの返事がなかったのだ。

奉行所は初め、三州屋には、この異人の存在を伏せていた。

三州屋は威勢のいい漁師を多く抱え、発言力もある地元の顔役である。それでなくても、内地から流れてきた攘夷派浪人が町に溢れている上に、異人に対する地元民の感情はひどく悪いのだった。

仮にこの異人が下手人だなどという情報が伝わると、燻《くすぶ》っている異人排斥気分に、火をつけかねなかった。

だがいくら隠しても秘密は誰からともなく漏れ、下手人は〝赤人〟で、奉行所が匿っているという噂が広まっていた。

「異人を、わしらに引き渡してくだせえ」

番頭が、そう奉行所に申し入れてきたため、

「まだ下手人とは判明しておらぬ。仮にそれが異人であれば、身柄は領事館に渡すことになる」

と町方の役人は突っぱねた。

だが三州屋は納得せず、海岸に荒くれ共を集めて火を焚き、太鼓を打ち鳴らして、今にも暴動を起こしかねない騒ぎだった。

奉行所としては、なるべく異人には関わりたくなかった。〝治外法権〟を口実に、早いとこ領事館に引き渡してしまいたい、というのが本音なのだ。

ところがこの異人の国籍は未だ特定出来ず、なぜ三州屋の舟に乗っていたかも分からない。古武井を探っていたとすれば、密偵の疑いで、江戸に指示を仰がなければなるまい。

町方の段階で終わりそうになく、措置に困った組頭は、〝異人に通じている〟とされる幸四郎に、相談を持ちかけて来た。

今は前奉行と新奉行の狭間《はざま》で命令系統が乱れており、こんな時は若い幸四郎のもとへ難題が押しつけられがちだった。

「もうこれ以上、仮牢には入れておけん。国籍不明の密入国者として上海辺りに追放するか、何とかロシアに引き取らせるか……」

組頭にそう相談されて、幸四郎は困った。

現在、他にも事件を抱えており、それは小出前奉行から託されたものだったから、小出が箱館を離れるまでに、何とか解決しなければならないのだ。

幸四郎は、二、三日の猶予をもらった。

とりあえず、改めて周辺を洗い直させたが、湯川界隈を異人が歩いているのを見たという目撃情報は、得られなかった。

伝五郎に対する怨恨の筋も探らせたが、かれの評判は、悪くなかった。四十半ばで腰が低く、愛想がいい。これといって人に恨まれる揉め事もない。

南部藩の下級藩士の娘を女房とし、夫婦仲も悪くなく、道楽といえば釣りと酒だけという。

長引きそうだとの感触に頭を痛めていたところへ、徳内が飛び込んで来たのである。

五

「……申し訳ないが、支倉、とても俺の手には負えんよ」

翌日の午後、一人で再び座敷牢に入った徳内は、やがて調役詰所に戻って来て、肩をすくめた。

ちょうど八つ半（三時）で、公務終了の太鼓が鳴っていた。

「おれが何と話しかけても、やつは喋ってくれんのだ。本当に記憶がないのかもしれんな。どうもあの者は、死ぬ気じゃないかと思う」

「ええ？」

「話しかけてみると、何だか固い岩のようなものにぶち当たる。事情は胸に呑み込んだまま、牢死を覚悟してるような……」

「ちょっと……それは困ります」

幸四郎は腕を組んで、考え込むように呟いた。

「こうなっては、強制的にロシア領事館に引き取ってもらうしかないですね」

「おいおい、そこまでは俺は言ってないぞ。考えてもみろ。あそこの領事館に引き渡したらどうなるか」

徳内は慌てたように云った。

「あの男が何も喋らず、ロシア語を使わないのは、国に送り返されるのを恐れてるからじゃないのか」

「しかし……」

「まだ、下手人とは決まっちゃいないさ。結論をもう少し待ってはどうだ」

「何か見通しがありますかね」

「いや、それはない。ないが、しかし……」

徳内は少し考えるふうに、顎髭をいじってしばらく黙していた。

「まあ、部外者のおれがこう言うのも変だがね、瀕死の小鳥を保護している男だぜ。その人間味に免じて、もう少し事情を当たってみようじゃないか」

「うーん、人間味ねえ」

「気のない返事だな。少なくとも、鳥を焼いて食うつもりではなかろう。そうだ、近いうちに一杯やらんか?」

「望むところです」

「それまでに、少し調べてみようじゃないか。ここ二、三日、人に会う予定が詰まってるんだが、皆、地元の人間だ。何か話が訊けるかもしれない」

「よろしく頼みますよ」

幸四郎は頷いた。

「そうだ、その時は拙宅で飲《や》りましょう。ここの裏門を出てすぐですから……」


〝喉が黒く、背中の翼は真っ青で、尾の付け根と胸が白く、チーリー、クックッ、ピリーリー……と鳴く美鳥を、五稜郭で捕まえた。

何と言う名の鳥か、教えてもらいたい。〟

幸四郎はそんな書状を英文で認《したた》めて、内潤《うちま》町に住む鳥類学者ブラキストンに、届けさせた。

使いの者は返事を携え、その夕方には戻って来た。

そこには、小鳥は〝オオルリ〟という渡り鳥である、と美しい英文字で記されていた。

六

徳内は毎日のように奉行所に出向き、その帰りにはいつも、調役詰所に顔を出した。

四日めになるその日、小出前奉行にようやく目通り出来たと喜んでおり、髭面《ひげづら》の顔は上気して、いつになく機嫌が良かった。

「小出様が江戸に戻られることに、おれは大賛成だ。いろいろ話を伺ったが、カラフトの現状を考えるともっともだと思う。あ……今、喋ってもいいのか」

「ええ、ちょうど休もうと思っていたところです」

幸四郎は言って、詰所から控えの間に座を移した。

「……実は昨日、おれは沢辺琢磨《さわべたくま》という男に会った」

茶の盆を挟んで向かい合うと、徳内は真面目な顔で言いだした。

「サワベ……？　あの宮司の？」

幸四郎は驚いたように目を瞠《みは》った。

沢辺琢磨とは、数年前に江戸から来た、謎の浪人である。

土佐《とさ》弁丸出しだから、土佐浪士であることは隠せないが、鏡心明智流《きょうしんめいちりゅう》の師範代で、剣を広めるのが目的だという触れ込みには、皆は首を傾げた。

そんな達人が、何故こんな北辺の町に流れてきたのか。

「札付きの尊攘派のくせに、ロシア人とは親しいという、とんでもない人物ですよね」

幸四郎が言う。

「そうだ、ただ、あの御仁はロシアのことを知っているんでね」

沢辺はこの町に来て道場を開き、剣術指南として名を広めた。

そのうち、いつの間にやら山ノ上町にある神明社《しんめいしゃ》に娘婿として迎えられ、八代目宮司に収まった。

そんな大の異人嫌いが、ロシア領事館員に剣術指南を頼まれると何故か承諾し、領事館に通うようにまでなったのだ。

その領事館内にあるハリストス正教会には、かつて新島七五三太《にいじましめた》（襄《じょう》）が出入りしていたのだ。新島がアメリカに密航を企てた際は、沢辺も協力を疑われ調べられたものだが、結局はウヤムヤになった。

その沢辺が最近また、ニコライ神父に接近している……という情報を密偵が持ち込んできた。奉行所は要注意人物として、警戒を強めていた矢先だった。

ちなみに沢辺琢磨は――。

坂本龍馬《さかもとりようま》の従弟《いとこ》である。

元の名は山本卓馬《やまもとたくま》で、龍馬と同い年の三十一歳。

二人は共に江戸で剣術修行をし、共に土佐勤王党の同志だった。

そして龍馬が劇的な生涯を送ったように、この従弟もまた、まるでジェットコースターに乗ったような波乱の人生を送った。

ある晩、通行人が落とした懐中時計を道具屋に売り、酒代に代えてしまった。それがバレて藩のお咎めを受け、切腹させられそうになり、龍馬らの計らいで江戸を脱出したのである。

逃亡先の箱館では、運良く神明社宮司という地位を得て、沢辺琢磨として再出発。

ロシア領事館に武術師範として出入りするうち、ニコライ神父を知る。

異人嫌いの攘夷論者だった沢辺は、この神父を斬るつもりで近づき、逆に深い感銘を受けたという。

理路整然とした熱血漢であり、日本人から言葉や歴史や古典を学ぶ教養人でもあった若きニコライから、教理を学び、やがては日本初の正教司祭にまでなってしまうのである。

その後は伝道のため妻子を捨て、神田ニコライ堂設立に尽力した。

明治になって〝山ノ上大神宮〟と改名された神明社は、巴湾を一望する急坂のてっぺんにある。

筆者の家はこの〝山上さん〟の近くにあったから、境内でよく遊んだし、祭りの縁日にもよく行った。そこに昔、かの坂本龍馬と血を分けた従弟がいたなんて、思いもよらなかった……。

七

「沢辺殿とは昨年、呑み屋で会ったんだよ」

徳内は言った。

「初めは、役人と聞いてそっぽを向いていたが、徳内の名を出すと、急に態度が変わった。うちのご先祖と、縁があったのだな。初代はアッケシに、北辺鎮護の神明社を建て天照大神《あまてらすおおみかみ》を祀ったという」

それを知る沢辺は、四代目と聞いて、急に打ち解けたのである。

「自分は役人は嫌えだが、最上徳内だけは例外だ」

と言って盃を交わした。

以来、呑めば、カラフトにお伊勢さんを建てよう、などと気勢を上げるのだという。

「沢辺殿は、ロシアの情勢には詳しい。そこであのギリヤーク人について、ちょっと訊いてみたのだ」

「なるほど」

幸四郎はやっと、沢辺琢磨とギリヤーク人がつながった。

「で……何と？」

「いや、たいしたことは分からんが、今のロシアについて話してくれたよ。あの国にはつい最近まで、農奴という奴隷がいたそうだな」

今はアレキサンドル二世の帝政下にあり、農奴は廃されていた。

だが莫大な富が貴族領主の許《もと》に集まるため、今もあの国は貴族の天国だった。貧窮する農民がしばしば反乱を起こし、騒乱が絶えないという。

「ロシアにギリヤーク人は多勢いるし、反抗すれば誰もシベリア送りとなる。流刑地じゃ、極寒と飢えでバタバタ人が死ぬ。そこから逃げ遂《おお》せるのは極めて難しいが、あり得ない話ではないそうだ」

「なるほど」

「沢辺殿は、例のギリヤークは〝逃げて来た男〟じゃないかと言う。密偵なら、そんな捕まり方はしないだろうし、領事館も引き取るんじゃないかと」

「ふーん」

「〝逃げて来た男〟がロシア領事館に引き渡されれば、どうなるか。人を殺していると判明すれば、シベリアに戻される前に銃殺だろう。それくらいならこの地で死んだ方がいい、だから身元を隠しているのではないか……」

　幸四郎も、男を初めて見た時の、目の奥の深い哀しみの色を、忘れられなかった。小鳥に話しかけていた慈《いつく》しみの声は、今も耳に焼き付いている。

「何とかならんか、支倉。少なくとも領事館に引き渡すなよ」

　徳内はぼやき口調になっていた。

「しかし、日本人を一人二人殺したぐらいで、銃殺になりますかね」

　徳内はゆっくりと首を振った。

「いや、そもそも三州屋を殺ったのがあのギリヤーク人とは、俺は思っておらんよ。やつは女の顔を描いた絵を大切に持っていたし、小鳥を助けて可愛がっていた……。そんな男が人を殺すかね。今だから言うんだが、あの男は小鳥に二カ国語で話しかけていたのだ。ギリヤーク語の他に、英語だよ」

「英語で？」

　幸四郎が驚いたように問うた。

「fly littlebird fly……とね。おそらくやつはこう考えたんじゃないか。西欧から飛んで来た鳥ならば、ギリヤーク語じゃ通じないかもしれんと」

「うーん」

「とすれば心優しい男じゃないか、教養もある」

「しかし、それは何の証明にもなりませんよ」

　幸四郎は首を傾げた。

「それはそうだ。鳥には話すが人間には沈黙を通す……やつはどうも謎の塊りだな。ギリヤーク人か、赤人か、イギリス人か知らんが、しかし心優しい男だってことだけは分かる」

「…………」

「やつは、もう飛べない鳥なんだ。疲れ過ぎてな。おれには分かる」

「…………」

「なあ、支倉、もう少しだけ時間をくれないか」

「それは構いませんが、見通しはありますか？」

「ああ、おれが調べるさ。馬鹿げた攘夷論がはびこるこの国にも、おれのような者がいるってことを、あのギリヤークに知ってもらいたい」

徳内はいつも、箱館滞在の最後の二、三日は、山ノ上遊郭や茶屋で遊んで帰ることにしている。

だが、今回ばかりはどこにも踏み入らなかった。

乗船が明後日に迫った日、かれは朝からあの者の足跡を探し、ひたすら湯川から古武井へ向かう海岸線を辿ってみた。そこに点在する漁村に入って、異国人を見た者はいないかと訊いて回ったのである。

だが海岸線は長くどこまでも続き、背後に迫ってくる蝦夷の山は、絶望的に険しく深かった。どこにでも隠れ場所はあり、このような聞き込みは馬鹿げていて、虚しいと悟らざるを得なかった。

二日めは、湯川界隈を歩き回った。

三州屋は、湯川に近い大森浜に、幾つもの蔵を連ねて建っている。

その裏の浜辺には、ごろつきめいた男達が十人近くたむろし、焚き火を囲んでいた。

いつでも奉行所に押し掛けようとの、一種の示威行動だろう。

夕刻、徳内は草臥《くたび》れきって、海を見渡す土手に座り込んでいた。

(あの縁もゆかりもない〝ギリヤーク人〟のために、俺はなぜこんな無駄をしているのだ)

急にそんな思いがこみ上げた。

(やってられんよ)

目下には小さな砂丘が盛り上がり、その向こうに海峡が広がっていた。その海の色は、カラフトの海よりはるかに明るい。

この海峡を渡れば、はるか作州まで続く大地が始まるのだ。そう思うと、むしょうに海峡を渡りたくなった。

八

夕風がひんやりと感じられてきた。

そろそろ帰るしかないと思い始めた頃だった。背後に草を踏む、微かな足音を聞いたのである。

はっと振り向くと、夕闇の中に、女が立っている。

手拭いを頭から被って顔を隠した、小柄な女だった。こんな時刻に、こんな所に、顔を隠して現れる女といえば、夜鷹《よたか》しかいない。

「……兄さん、何かお調べかい」

女は言った。嗄れて低かったが、よく響く声である。銘仙《めいせん》の派手な赤い花柄の着物からのぞく手は、白くて奇麗だった。

「お前さん、誰だ」

思わず訊いた。

「まあ、野暮なお人だねえ、あたしに名乗れってのかい」

「ああ」

と徳内は苦笑したが、にべもなく言った。

「あいにくだが、おれには遊ぶ暇も銭もない」

「それで、さっきからここに座り込んでるのかい」

「草臥れてるんだ」

かれは目を上げ、女の背後に広がる夕空を見た。

カラスが数羽、鳴きながら飛んでいくその先に、薄く半欠けの月が出ている。もうすぐこの美しい町を離れ、北へ向かう身である。淋しいかと問われれば、淋しくないことはない。それをこの女に見透かされたようで、不意に切ない思いに駆られた。

「もしかしてあんた、奉行所のお役人さんかい？」

不意に女は言い、徳内の驚く顔を見て頷いた。

「図星だね。いえね、今日の昼過ぎ、船着き場の近くで、あれこれ訊き回ってただろう？　だから……」

「役人ならどうした」

「一つ、訊きたいことがあるんだよ」

「ほう、何だ、言ってみろ」

「三州屋殺しで、異人さんが捕まってるって噂あるけど……本当かい？」

徳内はぎょっとして、女を見上げた。手拭いの下の顔は、夕闇に紛れてよくは見えないが、戯れに言っているとも思えない。

「その異人を知ってるのか」

「いえ……」

「なら、どうして訊く」

「噂を聞いたのさ。十日ばかり前に、異人さんを浜辺で見たって人がいた。でもすぐ居なくなったから、北の方へ行ったと思ってたら、奉行所に捕まったって……」

「その、浜辺で見たって者は、姐さんじゃないのか」

思わず立ち上がっていた。

「知らないよ、あたしは。噂を聞いただけだ」

女は後じさりした。

「やっぱり、異人さんは奉行所にいるんだね」

「異人なんか、幾らもいるさ。だが同じ人物かどうか知らんよ」

「…………」

「それにその男は何も喋らん。事情が分からなくて、困っておるのだ。姐さんが言う異人は、どこの国の男だ」

「知るわけないだろ。あたしゃ、洋妾《ラシャメン》じゃないんだ。邪魔したね」

言って女は軽く頭を下げた。

その拍子に、手拭いがハラリと落ちたのである。

その顔を見て徳内は、脳天を雷に打たれたような心地がした。

小作りな白い顔、大きく潤んだ黒目がちな目……。息を呑むほど美しかった。年は分からないが、二十代半ばくらいか。

だが徳内が驚愕したのは、それだけではない。

その顔が、ギリヤーク人が描いたらしい、あの消し炭の絵にそっくりだった。一瞬大きく瞠《みは》ったその濡れたような目は、絵からこちらを見返すあの目だった。

徳内の頭の中で、この女とギリヤーク人が、稲妻のように結びついた。二人は、どこかで会っている。

だが一瞬竦んでいるうちに、女の姿は見えなくなっていた。

はっとして辺りを見回すと、夕闇の中に草叢《くさむら》が茫茫と続いているばかり。

物《もの》の怪《け》か……?

人間以外の者に出逢ったようで肝《きも》が冷え、しばし動けずにその場に佇んでいた。

九

その丘から少し下って行くと、海辺の道に出る。

そこには潮風に鞣《なめ》されたような粗末な居酒屋が、背後の崖に張り付くように、数軒、軒を並べていた。

もう赤い提灯に火を灯した、端っこの一軒の前に徳内は立った。

こんな淋しい海辺の、潮風に吹き飛びそうな店に、客が来るのだろうか。そう思って辺りを見渡すと、暮れなずむ近くの浜の堤防に、漁船が何艘か繋がれている。

「……たのむ」

色の醒めた暖簾を潜り、声をかける。

頭に手拭いを巻いたでっぷりした男が、すぐに奥から出てきた。店の主人らしいこの男は、心得たように隅の席に案内した。

店内に客の姿はなく、主人は注文を聞いて奥に消え、すぐ盆に酒の徳利と肴を載せて出てきた。

無言で一口呑むと、一日足を棒にして歩き回った体に、酒精がしみ込んでいくようだ。徳利一本をたちまち空け、お代わりを頼んで、徳内は初めて口を開いた。

「この辺に呑み屋が集まってるが、どんな客が来るんだね」

「へえ。津軽陣屋が近くにありましてね。お士《さむらい》さんがぼちぼち……。それに丘の向こうに村があるんで、釣り人や漁師がよく寄ってくれますよ」

「なるほど」

界隈の漁師や、市中警固の藩士が呑みに来るのだ。

考えてみればこの箱館は、呑む時は漁師も武士も商人もなく、同じ屋根の下で混然として呑み、酔えば手拍子で歌う、そんなこだわりない土地柄だった。

「ところで親父、この辺りに、えらく別嬪の夜鷹がいないか？　雪女郎みたいに色の白い……」

呑みながらさりげなく訊いてみる。

「ああ……」

主人はチラと出口の方に目をやり、

「ヒメ御前がお目当てで？」

「あ、いや、そうではない。そこですれ違っただけだが、ヒメ御前というのか」

「皆がそう呼んでるんで。本名は何というんだか、わしらには……」

「こんな所……と言っちゃ悪いが、ここであんな女に出逢うと、何だかこの世の者じゃない気がする」

「ああ、確かに。あくまで噂ですが、あの女……」

とまた出口を見やって、声をひそめた。

「あの女は、山ノ上の〝足抜け〟だそうで」

〝足抜け〟とは逃亡のことで、抜け女郎とも言う。つまりそのヒメ御前は、山ノ上遊郭から逃げた花魁《おいらん》だというのだ。

「ほう、山ノ上の……？」

息を呑んだ。

「親父、少し呑め。客の来ないうちに、もっと話を聞かせてくれ。せっかく地獄から逃げたのに、何故また地獄に戻ったのか」

徳内は心付けを渡し、盃をもう一つ持って来させた。

呑みながら、亭主は次のような話をしてくれた。

女は一緒に逃げた男と夫婦になって、この奥で暮らし始め、もう三年になるという。

亭主はもと津軽の漁師だったため、三州屋に雇われて船に乗り、いい働きをしていたらしい。

しかしその暮らしは長く続かず、一年半前に船が大シケに遭って、それきり戻ってこなかった。

女は昆布を採って売りながら、亭主の帰りを待った。

問題は、その亭主が、三州屋に借金を残していたことだ。箱館市中からこの漁村に逃げて来た時、生活を整える資金が必要だったのである。

残された妻はその返済を執拗に迫られた。

これまで少しずつ返してきたが、残金は一向に減らず、いつしか再び春をひさぐ商売に逆戻りし、ヒメ御前と呼ばれるようになったというのだ。

「すると三州屋は……」

徳内は、深く浸透しつつある酒が、急に冷めるのを感じた。

「足抜けの秘密を握っていて、それで脅したのだな？」

遊郭に通報されれば、半死半生の体罰を受ける。運良く九死に一生を得ても、一生こき使われるだろう。

「あの三州屋さんは遊び人でしてね、山ノ上にはちょくちょく足を運んでいたようで。花魁てのは、たいがい化粧お化けです。化粧を落とし、姉さん被りで働いていりゃバレっこないはずが、あのヒメ御前だけは、化粧を落としても変わらず別嬪だったんでしょう」

主人は続ける。

秘密を握った三州屋伝五郎は、それを脅しの材料にし、女に客を取らせ、自分も通っていたという。

「それでも亭主が存命中は知らんふりしていなすったが、死んだとたんあの因業《いんごう》なやり方だ……。あんな死に方をしたのは、天網恢々《てんもうかいかい》ってやつでさ」

「本当なのか？　調べでは、三州屋は評判のいい網元だそうだが」

徳内は憤激して言った。

「ええ、評判がいいのは、表向きでしてな。ここらじゃ皆知っとります。亡くなったから言うようだが、三州屋の親方は、法外なショバ代をむしり取る女衒《ぜげん》ですわ」

主人は酌をしながら、頷いて言った。

「あのヒメ御前と同じような女郎が、ここらに何人もいますよ」

「ヒメ御前は今、どこに住んでおる？」

「さあ、噂じゃ、北の松林の中に掘っ立て小屋があると……。ただ、ここしばらく姿が見えんですわ」

徳内は無言で盃を口に運びながら、浜に打ち寄せる波の音を聞いていた。陽が落ちて風が出てきたらしい。

やがて言った。

「例の噂の異人のことを、何か知っておらんか」

「あの三州屋殺しとかいう？」

「そうだ、ヒメと何か関係があるのかどうか」

「さあて……この辺りで見たことはありませんよ。ここらの女郎は洋妾じゃないから。

しかし本当に下手人なんですかね？」

「どういうことだ」

「いえ、三州屋の一党があぁやって騒いでるのは、親方の悪評をそらすためだろうと、へえ、もっぱらの噂でね……。阿漕《あこぎ》なお方だったから、誰に殺されても不思議なかったですわ」

「…………」

　その時、暖簾を割って、化粧の濃い女が入ってきた。

「親父っつあん、奥、使えるかい？」

「ああ、空いてるよ」

　言って主人は立ち上がり、徳内に目配せした。

「一杯呑むから、熱燗をつけておくれ」

　勝手知ったように、ずんずんと入っていく。その後に、編み笠を被った男がついていく。

　板敷きの上がり框の奥に、部屋があって、襖を開けた時チラと中が見えた。そこは四畳半ほどの座敷で、行灯にぼんやりと明かりが灯り、古ぼけているが、どこか淫靡《いんび》な感じが漂っていた。

海風に、どこかの戸板がガタガタ鳴った。

徳内が店を出たのはもう五つ（八時）近くで、月は中天にかかっていた。

十

支倉宅に辿り着いたのは、四つ（十時）を過ぎる頃だった。

あの海辺の呑み屋を出てから、月光に照らされた町を亀田まで歩き、何とか五稜郭北の役宅を訪ね当てたのである。

酔いのせいで道を迷った上、数匹の野犬につきまとわれた。目を合わせないのが肝心とばかり夜空を見上げ、なるべく明るい所を選んでひたすら歩いた。

幸四郎はまだ床に就いておらず、寝間着に羽織という姿で酒を呑んでいた。

「や、先輩、ちょうどよかった。どうにも眠れなくて、一杯始めたところですよ」

と喜んで、手を取らんばかりに深夜の客を招じ入れた。少し前に客があって、その話を聞いてほしいという。

「……ですが、まずは先輩の話を聞きましょう」

ということで、囲炉裏の部屋に通された。埋《うず》み火《び》を搔き熾《おこ》して、ほんのり部屋を暖め、酒を酌み交わしながら、徳内から先に話し始めたのである。

すべてを語り終えた時、じっと聞いていた幸四郎はしばらく無言で、犬の遠吠えに耳を傾けているようだった。

「おい、何か……？」

徳内が思わず問うと、幸四郎は物思いから覚めたようだった。

「あ、失敬……。いや、思い出したことがあったものだから。実は自分は、二年前、山ノ上を抜けた花魁を知っているんです。知る限りでは、あの遊郭で足抜けに成功した花魁は、ただ一人、山ノ上で一番の美女と言われた〝雪御前〟だけだと……」

「ほう、雪御前か」

呟いて徳内は小さく頷いた。確かにそんな名前がぴったりの、雪女郎を思わす女だった。

「ヒメ御前とは、土地の者が呼んだ名前だそうだ。もしかしたらその花魁のことかもしれんな」

「……………」

幸四郎は首を傾げ、無言で盃を口に運ぶ。

この箱館に来て初めて心惹かれた女……それが雪御前だった。

足抜けに成功したと知った時は、複雑な思いではあったが、心から応援したものだ。今頃は、どこかで幸せに暮らしていると信じていた。

だが、かれは首を振った。その美しく賢い花魁が、夜鷹になっているはずはないとの思いからだ。

「きっと別人と思いますよ。時期も少しずれているような気がするし……。自分は最近、山ノ上には行ってないから、情報が少し古いかもしれませんん」

「そうかな……」

「いや、それより先輩」

と幸四郎は首を振り、話題を変えた。

「すぐにもこちらの話を聞いて頂きたいが、夜食を用意したんで、その前にちょっと腹ごしらえしませんか」

先ほど深夜の訪問者を見て、ウメが相談を持ちかけてきたのだ。

「豆腐しかございませんが、いかが致しましょう?」

幸四郎はその時、椹《さわら》の木で作った古い湯豆腐桶を思い出した。江戸を発つ際に、母親が持たせてくれたものである。だが冬の蝦夷では、囲炉裏にかけた鍋を豪快につつくのが一般で、炭火を中にはめ込むこの京風の桶は、出番がなかったのだ。

「よし、湯豆腐を作ってくれ」

「ああ、夜はまだ冷えますから、あの湯豆腐桶は、今の季節にぴったりでございますねえ。カラフトじゃ、お豆腐などないでしょうし」

とウメも賛成した。

中に入れるものは、厚い昆布と、大ぶりに切った豆腐と、水だけ。

タレの生醤油を温めて鍋の汁で割り、削り節と刻み葱をかけてキリッと食す。

その江戸ふうの簡素な湯豆腐と、残り野菜の味噌汁に粥《かゆ》……という献立が、徳内を喜ばせたようだ。

「旨いなあ、この湯豆腐……」

徳内は、鍋から取り出した大ぶりの豆腐を、箸でざっくり割って薬味醤油に浸し、ふうふう吹きながら口に運んだ。

茶碗酒をあおっては、また豆腐に戻る。気持ちいいほどの食べっぷりだった。

舌つづみをうち、酒で火照《ほて》った顔に笑みを浮かべた徳内の顔を見て、幸四郎はこの湯豆腐桶を出して良かったと思った。

「カラフトに豆腐はないんですか」

「こんな上等な豆腐があるもんか。凍り豆腐は常備しておるが、大かたは、アイヌたちと同じようなものを食ってるさ」

「例えば？」

「うん、乾燥させたサケやマスに草根や木の実を混ぜ、アザラシの脂で煮るとか……。カラフトの寒さは半端じゃないんでな」

茶碗酒をあおって、徳内は言った。

「ところで、そちらの話とは何だ？」


「いや、驚かないでくださいよ」

幸四郎は言った。

「少し前に訪ねて来たのは古木《ふるき》という、奉行所の定役です。今夜は当直のところ、わざわざ抜け出してきたんですが」

五稜郭の裏門で起こった揉め事を、報告しに来たのだという。

五つ半（九時）頃、裏門の番小屋にいた若い門衛は、戸をしきりに叩く音を聞いた。出てみると、手拭いで顔を隠した小柄な女が、提灯を手に闇の中に立っていた。

「ここの牢屋に、異人さんがいるだろ。会わせておくれでないか」

女は嗄れ声でそう言った。異人なんていない、と門衛は取り合わなかったが、女は怯《ひる》まなかった。

「確かに居るって、ここのお役人に聞いて来たんだ」

「異人に会いたいだと？　帰れ帰れ、洋妾めが。ここはお前なんかの来る所じゃねえ」

「大事な話があるんだ。あんたみたい下っ端じゃなく、ちゃんとしたお役人を呼んでおくれ」

「へっ、こんな夜中に起きてるのは、下っ端と夜鷹だけなんだよ。ちゃんとしたお役人に会いたけりゃ、お天道様が出てる時間に出直して来やがれ」

棒で追い立てられ、女はすがりついて来た。

「ねえ、お願いだよ。お役人に伝えておくれ、三州屋はあたしが殺《や》ったんだって。あの異人さんは、死体を舟で海に捨ててただけなんだ。なのに、このあたしを庇《かば》って……」

「馬鹿野郎、誰が、お前なんぞを庇うかい！」

「異人さんは怪我をしてたんで、あたしが手当して、匿ってやったんだ。それを恩に感じてるんじゃないか」

「ヘッ、そいで、お前はわざわざ自首してきたってわけか、放っとけや。やつらが何しようと、この国じゃ罪に問われるこたァねえんだ」

女はまた声を上げたが、酔っていて呂律《ろれつ》が回らず、何を言ったかよく聞き取れなかった。

「いいか、女、役所じゃ酔っぱらいの話は聞かねえんだ。まして酔いどれ女郎の戯言なんぞ、犬でも聞かねえや。言いたいことがあれば頭を冷やして、明日、シラフで出直して来い」

「馬鹿、明日になったら、気が変わっちまうよ。今、あたしをぶち込んでおくれな」

女が妙にしつこいので、門衛は面倒になった。

「その異人は、とうに国に送り返されたよ。今思い出したよ。さあ帰れ帰れ、疫病持ちを入れとく場所はねえんだ」

そう言って、鼻先で扉を閉めてしまったのである。

しばらく戸を叩く音がしていたが、そのうち静かになった。

シンとしてみると、妙に戸の外の闇の静けさが気になってくる。自分が殺った……という言葉が急に胸に引っ掛かり、念のため当直の古木に報告した。

古木は、深夜の酔払いへの対応は、間違っていないと考えた。

だが〝だんまり異国人〟が荷厄介になっている事実を知っており、女が何かの手掛かりになるのではないか、と判断した。

「すぐ女を呼び返すんだ、急げ！」

と命じたが、時すでに遅く、女の姿は夜闇に消えていた。

古木は気になって、奉行所を抜け出して役宅まで走り、幸四郎に報告を入れた次第だった。


徳内は酔いがすっかり醒め、青ざめた顔で幸四郎と向かい合っていた。あの女に間違いない。

「女が再び来るのを、待つしかないか」

「しかし明日……昼日中に、酒も呑まずに来ますかね」

「シラフじゃ難しかろうな」

一刻ばかり二人は顔をつき合わせ、これからのことを詳細に話し合った。まずは明日一番に、ヒメ御前の住処《すみか》を調べさせることを決めた。

徳内はそのまま支倉宅の奥座敷に泊まった。徳内はやがて鼾《いびき》をかき始めたが、幸四郎は一睡も出来なかった。

かれは確信していた。そのヒメ御前は雪御前であると。

十一

翌朝、早めに奉行所に赴いた幸四郎は、すでに来ていた組頭橋本悌蔵に会い、事の次第をつぶさに話した。

橋本は念のため、昼過ぎまで女の来るのを待った。それから、杉浦奉行の詰所に参上し、昨夜、自首して来た女がいたことを報告したのである。

かの異人については、次のように申し述べた。

ギリヤーク語を話すが、国籍や素性については黙秘していること。

ロシア領事館は、国籍不明として引き取りを拒否していること。

その女の話では、かの異人は三州屋殺害に手を下しておらず、死体の棄却にのみ関与したらしいこと。

異人が潔白を主張せず、何も喋らない理由は、どうやら怪我の手当てをし匿ってくれた女に恩義を感じ、庇っているらしいこと。

だが三州屋の一党は、荒くれを浜に集めて異人の引き渡しを要求し、〝赤人を処刑せよ〟と息巻いていること。

そして、次のように奏上したのである。

「この現状ではいつ、攘夷運動に飛び火しないとも限りません。下手人の捜索は後として、今は一刻も早く、異人を国外に追放するのが急務かと思われます」

話を聞き終えた杉浦奉行は、事態のすべてを即座に理解した。

すなわち伝五郎殺害事件と、異人をめぐる騒動は別物であると。だが三州屋は、世間の目を憎むべき異人に向けようとしているのである。むしろその行為の中に、三州屋をめぐる後ろ暗いものがあるのではないかと。

領事館が引き取らなければ、日本の掟で処理するまでである。

一つだけ杉浦が質問したのは、女の現在の所在についてだった。

女はまだ見つかっていなかった。幸四郎は朝から、その縄張りと思われる一帯を探らせたのだが、小屋は見つかったが、女の姿は消えており、姿はどこにも見当たらないという報告を受けている。

杉浦は頷いて、件《くだん》のギリヤーク人を、ただちに国外追放に処すよう命じた。

それを買ってでたのは、明朝の船で箱館を発つ最上徳内だった。

同じ船にギリヤーク人を乗せて護送し、カラフト島南端の白主《しらぬし》辺りで放逐する……。

それは昨夜、幸四郎と二人で顔を突き合わせ、考え抜いた筋書きだったのだ。

乗船は、この日の夕刻だった。

攘夷派の襲撃があるかもしれず、ギリヤーク人には武士と同じ着物を身につけさせ、編み笠を被らせて、騎馬で密かに運上所《うんじょうしょ》に向かうことになった。

護送の足軽は数人だったが、それに徳内と幸四郎が加わった。

一行が出発するまで、ぎりぎり心待ちにしていた女は、とうとう現れなかった。

松川街道をしばらく進んでから、幸四郎はギリヤーク人の背後にぴったり付いている徳内に追いつき、轡《くつわ》を並べた。

「先輩、一つ、頼んでいいですか」

と囁くように言った。

「このギリヤーク人に、女が昨夜、名乗り出て来たことを話してやってください」

「案じるな。突然のことでまだ何も話してないが、道中は長い。いずれ話す時が来よう。やつからも、真相を聞き出すつもりだ。おれは〝逃げて来た男〟に一杯賭けるが、おぬしはどうだ？」

徳内は笑って訊いた。

「うーん、そうだな、記憶を失った男……に一杯ですかねえ」

そんな話をするうち、湾岸の道にさしかかった。

西日の射す海に船が見えてくるや、ギリヤーク人はふと馬を止めた。警固の者の促す声に振り向くと、日本人の姿をした異人は、やおら懐から何か取り出したのだ。

あのオオルリという美しい鳥である。

男は毛むくじゃらの手に鳥を乗せると、何か呪文のような言葉をゆっくり囁いた。

すると鳥は、この潮の香る新鮮な外気を吸って、晴れやかに囀《さえず》った。

チチチ……ピリーリ、ピリ……。

そして何度か羽ばたいた。

だがその小さな体はなかなか飛び上がらないのだ。

その時、徳内がそばに寄って行き、男に向かって何か囁いた。

ギリヤーク人は頷いて、また鳥に首を差し伸べて、繰り返し何やら囁いた。

すると今度は大きく羽ばたき、スイと舞い上がったのである。

その美しさに、一同は声もなく見とれた。

鳥は皆の頭上をゆっくり一廻りするや、赤い夕焼けに彩られた空へ高く飛び立ち、吸い込まれるように消えて行った。

「……先輩、とうとうやりましたね」

我に返った幸四郎は、思わず声をかけた。この徳内の思いがけぬ粘り強さと優しさに、強い尊敬の念を感じずにはいられなかった。

「いや、そうでもないさ」

徳内は小声で呟いたが、満足げであった。

こんなことは、どんな記録にも残らないだろう。

だが元気に空に飛び立っていった小鳥の晴れやかさ、編み笠の下で密かに流したギリヤーク人の一筋の涙を、徳内は見逃さなかったのである。

そのことにかれは力を貰ったような気がし、これでまた極寒のカラフトで、営々とつとめを果たせると思った。

幸四郎は羽ばたいた鳥に胸を熱くしていたが、うまく言葉には表せなかった。

「そういえば先輩……さっきあのギリヤーク人に、何か話しかけましたよね。あれは何と？」

まだ鳥が飛び立った空を茫然と見上げている徳内に、ふと幸四郎は訊ねてみた。

「え？　ああ、あれか……」

徳内は空から視線を戻して微笑《わら》った。

そして歌でも口ずさむようにゆっくり言った。

「fly littlebird fly……ミスタ・ギリヤーク」

第四話　地獄鍋

一

「山ノ上町に、江戸仕込みの柳川鍋《やながわなべ》を供する茶屋があります。蝦夷のドジョウを肴に、内々に一献いかがですか」

小出大和守がそのように杉浦奉行を誘ったのは、箱館残留もあと十日余に迫った四月末のことだった。

どうやら杉浦奉行は、知る人ぞ知る食通らしいという噂が、小出の耳に入った。

歴代奉行の中で、食通で知られていたのは堀織部正であり、杉浦はそれに続くようだとの評判である。そこでさっそく小出は、一席設けることを考えたのだ。

「蝦夷にもドジョウはおるのか？」

と杉浦は驚き、大いに喜んだ。

かれは大川端で育った生粋の江戸っ子であり、ドジョウは大好物だった。

すぐにも話が進み、酒宴の運びとなった。

ただ〝お忍び〟ということで、その仕切りと護衛を、前奉行は支倉幸四郎に直々《じきじき》に命じた。

それは箱館山の麓にある、『柳川』という老舗《しにせ》だった。

旧奉行所からはほんの一息の距離にあり、役人達の間に名物柳川鍋の評判は高かった。奉行所が五稜郭に移ってからは、さすがに役人の足は遠のきはしたが、今もその老舗の名は揺らいではいない。

店は木々が生い茂る天神社の境内にあった。その天神社は、湾岸の大町から坂を二つ上がった天神通りに面していた。

幸四郎は、庭から直接上がれる見晴らしのいい離れ座敷を押さえ、選《よ》り抜きの護衛を選んだ。

その日――。

御両人ともそれぞれ三人の護衛を連れただけで、騎馬でひっそりやって来た。主従ともに編み笠を深く被り、ぶっさき羽織に野袴という野駆けの装いだった。

「……いやァ、なかなかの店ですな」

　主賓席に座らされて恐縮しつつも、杉浦は上機嫌で言った。

　開け放った縁側からは、もう火の灯った灯籠《とうろう》が見え、茂みの向こうには昏《く》れかけた箱館湾が見下ろせる。

　しかし杉浦が感じ入ったのは、この見晴らしもさりながら、黒々とした天神の森のすぐ近くに、山ノ上遊郭が迫っているという地の利の妙なのだった。

　ドジョウで精力をつけて繰り出す遊客も少なくはなく、店の内外には、どこか艶《なま》めかしい空気が漂っているのだ。

「山あり海あり、色町あり……ですかな」

「さよう、箱館はなかなか奥が深い町ですよ。まだ何も極めぬうちにこの地を去るのが、何とも心残りです」

　と冗談めかして、懐古するようにしばし沈黙した。

　そしてふと呟いたのである。

「アッという間でござったな、この四年間は……」

　そばで聞いていた幸四郎は、その言葉に胸を衝《つ》かれた。

　この四年間、小出は五稜郭と新奉行所の完成に立ち会い、またアイヌの墓暴き事件でイギリス領事に掛け合って一歩も退かず、端正な顔立ちに似ず〝鬼の小出〟の評判を得て来た。

その硬派の小出が、この北辺の港町に、去り難い思いを抱いていたとは。

この重い四年間がアッという間なら、崩れつつある幕藩体制に結論が出るまでも、アッという間ではないのか……？

幸四郎はそんな剣呑《けんのん》なことを考えたのだ。

「いや、今は江戸に帰られても、またの機会もあろう」

杉浦は丸顔に笑みを浮かべ、屈託なく言った。

「ただしその時は窮屈な奉行としてではなく……。それがしなど、ただの梅潭《ばいたん》として来て、鍋のお代わりをしたいものだな」

杉浦の冗談に、座は笑いになった。

〝梅潭〟とは、杉浦の漢詩の号である。

杉浦の実家が大川端埋堀《うめぼり》にあり、埋堀に埋め草をかけての洒落《しゃれ》……と幸四郎は気づいて、思わず笑った覚えがある。

〝丸顔に似ず四角四面の堅物《かたぶつ》〟

新奉行のことを陰でそう噂し合っているが、職務を離れると、案外に洒脱なところ

がある と感じ始めている。

小出と杉浦はさらに打ち解けて雑談に興じ、幸四郎は少し離れて控え、座談を聞いていた。

そのうち酒の盆を掲げて、女将のタケが挨拶に来た。三十を少し出たくらいの、目鼻立ちのくっきりしたたいそうな美人である。

「すっかり無沙汰したたな」

小出は懐かしげに声をかけた。奉行所が移転してからは、ここには数えるほどしか来ていないのだ。

「亭主は相変わらずか」

「はい、もう〝元気〟が過ぎるほどでございまして」

こぼれるような笑みを浮かべたタケは、そう言って顔を少ししかめ、酒を注いだ。

その元気とは、血気のことらしい。

「幾つになっても血の気が多くて困ります。いま挨拶に参りますので、少し叱ってやってくださいましな」

言い置いて出て行った。

「さすがの熊吉《くまきち》もあの女房には形無しかな」

小出はその後ろ姿を見送って、微笑して呟いた。

そしておもむろに盃を掲げ〝乾杯〟と言い、杉浦も同じように返した。昨今の酒席では、この洋式の挨拶が広まっていたのだ。

「いや、杉浦殿、今宵はぜひここの亭主を紹介致したい。今後、大いに役に立ちましょう」

「ほう、〝江戸仕込みのドジョウ名人〟だけでも有り難いのに、他にも何か？」

興味ありげに杉浦が言った。

「おおありで……」

小出が言いかけた時、廊下にドシドシと急ぎ足に近づいてくる足音がした。障子を開け放った廊下に、やがてがっしりした三十半ばの男が現れるや、その場にしゃがんで両手をついた。

少しくたびれた濃茶の鳶八丈《とびはちじょう》をピシリと着て、白い博多献上《はかたけんじょう》の角帯を締めている。

「亭主、柳川熊吉にござります」

かれは太くよく響く声で言った。

「おう、参ったか。楽にせい。杉浦殿、この者が〝江戸仕込みのドジョウ名人〟でござる」

小出はそう紹介し、改めて熊吉に向き直った。

「熊吉、こちらが杉浦新奉行でござるぞ。今後のため、もっと詳しく挨拶してはどうか」

「はっ、有り難いことにございます。ではご免なさんせ。……手前、生国《しょうごく》と発しまするは、関東にござんす。関東いささか広うござんして、江戸にござんす。浅草は花《はな》川戸《かわど》に発し、大川の水で産湯をつかい……料理屋の跡取りとして包丁の腕を磨いた野《の》村《むら》熊吉……」

と熊吉は始めた。

「窮屈なのが何より嫌いで、若え時分に家を飛び出し、新門辰五郎《しんもんたつごろう》親分の配下にわらじを脱いだ親不孝者にござんす。しかしながら縁あって三十一で蝦夷に渡り、ドジョウさばきの腕を見込まれて、御奉行衆のお引き立てを賜りました。あげく柳川の姓まで頂戴しました果報者……。野村熊吉改め柳川熊吉、どうかよろしく御見知り置きのほどを、お願い致しやす」

胸のすくような啖呵《たんか》を一気に言って、顔を上げた。真っ黒な顔にぎょろりとした目が印象的な、精悍な顔立ちである。

「あっはっは……大川の水で産湯につかったか」

杉浦は膝を叩いて大笑いをした。

「それでドジョウ名人に相なったと……。これは面白い。実はこのわしも、大川端は埋堀の……」

と言いかけて、突然、頓狂《とんきょう》な声を上げた。

「やや、ぬしはもしかして……」

杉浦は驚いた顔で、少し離れて控えている幸四郎を返りみた。

「支倉、先刻、そなた見なかったか……」

あっ、と幸四郎も思い当たった。

つい先刻、五稜郭から杉浦を案内してきて、天神通りで馬を下僕に預け、天神社の参道の入り口まで三々五々近づいた時のこと。

黒山の人だかりの中で、喧嘩が始まっていたのだ。

鉢巻きを締め、上半身裸の筋骨逞しい三十過ぎの日本男子が、大柄で金髪の異人と、拳骨を固めて殴り合っている。

（またか……）

正直言って、幸四郎はうんざりした。こんな時は、武器の有無を見定め、互いに丸腰であれば放っておくに限る。

「この町ではよくあること。参りましょう」

幸四郎は、杉浦に囁いた。小出との約束の時間が気になっていた。

念のため、警固役一人をそこに残し、何とか人だかりを迂回して天神社に入ることに、気を配った。

だが杉浦は興味あるらしく、編み笠を軽く上げ、振り返りながらその場を通り過ぎた。背後でワッと人声がした時は、足を止めた。

「強いのう、あの者は。異人を投げ飛ばしたぞ……」

その声を聞こえないふりをして、幸四郎は『柳川』の暖簾を割ったのである。

見れば熊吉の浅黒い顔は上気して、風呂上がりのようにてかてかしている。そうか、女将のタケが言ったのは、亭主の喧嘩好きを案じてのことと納得した。

「その方、金髪を投げ飛ばした者ではないか？」

杉浦が言うと、熊吉は恐縮したように平伏した。

「これはどうも御見苦しいところを……」

もともとは店の若い衆との喧嘩に止めに入ったのが、気がつくと自分が相手を殴っていたという。

「不惑を一つ過ぎて、まだ、このざまでござんして」

「いや、わしも同い年だ。ぬしの血気盛んを見習いたい」

杉浦の言葉に、誘われたように小出は笑った。

「ここらで種明かし致せば、この者は箱館一の大親分でござる」

小出は言った。

「歴代奉行で、この者を知らぬお方はおらんので……と申すのも、実は熊吉は、五稜郭築造の陰の立役者でござった」

「あ、またまた、そのような戯れ言を」

熊吉は慌てたように手を振った。

「手前、〝口入れ稼業〟で身を立ててきた者にございます」

二

五稜郭は、亀田村柳野《やなぎの》の原野七万五千坪を切り拓いた敷地に、オランダの城塞を参考にして造られた、日本初の洋式要塞である。

その普請は、家康《いえやす》公の代から数えても指折りの規模だった。

錚々《そうそう》たる人材が全国から選び出された。

濠割りは越後《えちご》の松川弁之助《まつかわべんのすけ》、石垣は備前《びぜん》の井上喜三郎《いのうえきさぶろう》、奉行所は幕府小普請方の中川伝蔵《なかがわでんぞう》……。

工事に駆り出された人足・大工は、一日五百人、七年間でのべ数十万人に及んだ。

これだけの人手を常時、号令一つで集められる請負人は、この熊吉親分をおいてはいなかったのである。

もともと熊吉は、箱館港に入る船の荷揚げを対象に、口入れ稼業で成功し、山ノ上遊郭の金棒引き（夜回り）や、町内のもめ事の仲裁なども引き受け、大いに重宝がられた。

やがて美人で有名な料理屋の娘タケと結婚し、山ノ上町にこの小料理屋を開く。女将タケの美貌と、熊吉の包丁人としての腕前は大評判となり、人が集まるようになった。

江戸から後を慕って来た若い衆などで子分の数も六百人にもなり、大親分としてその名も高まった。

そんな時、フラリと店に立ち寄ったのが、初代奉行の堀織部正である。

堀は名うての食通だったから、大味の蝦夷料理に飽き足らず、江戸仕込みという評判を聞きつけて、店の暖簾をくぐったのだ。

ある時たまたま手に入ったドジョウで柳川鍋を作って出すと、堀は大いに喜んだ。ドジョウは骨が多く、専門家でも骨抜きが難しい。熊吉がその名人と知って、堀は七歳下のかれを、柳川、柳川と呼び習わして可愛がった。

いつしか野村熊吉は、柳川熊吉に改名するに至る。

五稜郭築造に関わったのも、奉行とのそうした縁からだった。


「うーむ、あの堀織部殿が……」

杉浦は感に堪えたように頷いた。

箱館奉行所を立ち上げた堀は、老中安藤信正《あんどうのぶまさ》の信頼も厚い逸材として知られた。だが外交交渉に齟齬《そご》があって、自刃《じじん》して果てる悲運に見舞われたことを、杉浦はよく知っていた。

「このドジョウは近在の川で調達したのか?」

座がしんとしたので、話題を変えるように杉浦が言った。

「大沼《おおぬま》です」

熊吉の短い答えに、幸四郎がそばから説明を加えた。

「箱館の北に駒ヶ岳《こまがだけ》という火山がありまして、大沼はその麓にある沼です。ドジョウはその大沼のものが美味いと評判です。土地の者はもっぱら、地獄鍋で食するそうですよ」

「なるほど。それは楽しみだ。まずは一杯やらぬか……」

杉浦が機嫌よく盃を差し出すと、熊吉は恐縮したように手を振った。

「手前は、酒も煙草もやらん不調法者でして」

「ほう？」

「はい、賭博《ばくち》もやらなければ、入れ墨もございません」

「それは……」

杉浦は絶句し、説明を求めるように小出の顔を見た。

「この者は、まことに俠客《きょうかく》らしからぬ俠客でして。堀織部殿は珍しい逸材を発掘されたものだ」

と小出は笑って言った。

「ともあれ腹がすき申した。熊吉、大儀だった。そろそろ熱々のところを賞味させてもらおうか」

ちなみに地獄鍋について――。

柳川鍋は、ドジョウを開いて骨を抜き卵でとじて供する、洗練された鍋である。それに比べ地獄鍋は、ドジョウを丸ごと鍋に放り込んで豆腐や野菜と煮て食し、野趣に富んでいる。

筆者は子どもの頃を小樽《おたる》で過ごしたが、小樽は山深くて、野葡萄やリンゴやキノコを豊かに産した。ある時、父の友人の酒豪が、山からどっさりドジョウを獲って持ち込んで来た。

ドジョウはバケツの中で元気よく泳ぎ回り、覗き込むと日向《ひなた》くさい匂いがした。土を吐かされ、酒に漬けられて、やがて夕餉の大鍋に入れられるまで、わくわくして見ていた。

鍋の真ん中には、大きな豆腐が二、三丁と、その囲りにネギやささがき牛蒡が入れられた。

いよいよ皆で鍋を囲むと、お客が舌舐めずりして言った。

「汁がいい案配に煮立つまで待つんだよ。頃合いを見てドジョウを放り込めば、苦しがって豆腐に頭を突っ込む。その豆腐を切って食うと、これが旨ェんだ」

まさかと私は驚き、残酷だと抗議したが、父も酒豪も大笑いするばかり。

ドジョウは煮立った汁に放り込まれ、何匹かが豆腐に頭を突っ込んだ。だが後の記憶はおぼろ。大暴れして、豆腐が崩れ、ぐしゃぐしゃに分裂したのを見たと思う。

そんな野蛮な料理は、いかにも荒っぽいエゾ地の鍋だと思っていたら、どうやら発祥地はお江戸らしい。中国や韓国にも、類似のドジョウ料理があるという。


柳川鍋で酒が進み、宴がお開きになったのは五つ（八時）近く。

五稜郭まで帰る杉浦が、小出より先に店を出た。

南の夜空に、細い三日月がかかっていた。

その月を背に、馬を進めるのは主従四騎である。

先頭には、奉行所で最も腕が立ち夜目に強いと評判の若い警固役の青田《あおた》、しんがりには筆頭警固役の宮地《みやじ》で、幸四郎は杉浦のすぐ後を並足でつけた。

杉浦はかなり酩酊していて、手綱を取る馬上の姿が、何とも危うく見えたからである。時々ぐらぐらと頭が左右に揺れ、居眠りしているように見える。落馬して、骨折でもされては厄介だった。

幸四郎らも小出の計らいで、別室で相伴に与《あずか》ったが、酒は一滴も呑んでいない。

「のう、支倉、江戸でもあれだけのドジョウは食えんぞ」

熊吉の鍋がよほど気に入ったらしく、杉浦はご機嫌で、しきりに背後の幸四郎に話しかけてくる。

「わしは生まれも育ちも江戸だが、あんな旨い柳川を食ったことがないぞ。のう、江戸でもあれだけのドジョウは……」

と同じことの繰り返しである。

(大丈夫かいな……)

幸四郎は不安になって、何度も轡を並べて様子を窺った。

五稜郭まで、並足では半刻(一時間)弱かかるだろう。諾足《だくあし》ならその半分だが、酔い覚ましや腹ごなしにはいいが、深酔いしてはいささかつらい。

「しかし、支倉、ドジョウの骨抜きなどという細かい職人芸と、何百人の荒くれを号令する荒技が、どうして両立するのかのう」

と杉浦は続ける。

「はあ……武術などでも、その両方が揃わなければ大成しない、と言われるのと同じでありましょうか」

「そうか、うーむ、その通りだのう」

頬にあたる夜風は涼しく、鍋で温まった体に心地良かった。

この辺りは坂が多いが、坂を幾つか下って、軒灯が連なる平坦な明るい市街地を抜けて行くと、松川街道に入る。

ここに出れば安全だ。道は真っすぐ五稜郭まで続いているから、迷うことはないし、何かあっても全速力で駆け抜ければいい。

途中までは願乗寺川《がんじょうじがわ》と平行していて、川を遡っていく形になる。

杉浦が着任した日、大名行列で通ったのもこの道である。

この道に個人名がついている理由を、目覚まし代りに幸四郎は説明した。

すなわち五稜郭築造で、土塁工事を請け負った松川弁之助が、港から亀田まで資材を運搬する道を、私費を投じて作ったため、その名が許されたという。

そんなことを話すうち、繁華街から外れて人家がまばらになり、闇が深くなる。

要所要所の番所にさしかかると、灯火がぼうっと四辺の闇を照らしていた。そんな中を、暗い雑木林や、丈の高い雑草の草地を抜けて行く。沿道ではしきりに虫がすだき、蛙が鳴き、遠くで野犬の吠え声が聞こえていた。

「この町は野犬が多いのう」

「はい、餌が豊富なんですかねえ」

夜風に吹かれて、四騎は快適に進んだ。

「良宵《りょうしょう》清談に宜ろしく、皓月《こうげつ》未だ寝る能わず……」

と杉浦は、低く漢詩を吟じ始める。

この奉行は声に張りがあり、よく響くのが自慢らしい。

李白《りはく》か、と幸四郎は思う。

三

「支倉、おぬしも何か吟じてみよ」

ご機嫌の杉浦は、そんなことまで言いだした。

「いや、それがし、まことに不調法でして……」

幸四郎は困ったが、ふと最後まで暗唱している数少ない詩の一つを思い出し、口ずさんでみた。

「……今朝酒《こんちょう》あらば、今朝酔わん　明日愁い《みょうじつ》来たらば、明日愁えん」

「ははは……明日は明日の風が吹くというやつだな。まことに当世風な歌だが、それを詠んだ羅隠《らいん》は、古《いにしえ》の唐代の詩人だった。いつの世も、人の心は変わらんということかな」

杉浦は笑い、何かまた低く吟じ始める。

その声がふと途切れたため、幸四郎は何がなしハッとした。杉浦は前方に視線を向けている。その視線を追って、幸四郎もまた前方にじっと目を凝らした。

闇の中に一本の橋が見えている。中の橋である。

この地点で川は左に反れていくが、松川街道は、橋を渡ってまっすぐ五稜郭に通じていく。すなわち願乗寺川は亀田川から分かれた川で、この先は亀田川本流になるのだ。

目を凝らしても何も見えない、耳を澄ましても何も聞こえはしない。杉浦の酔眼朦朧であろうか……と思った。

そのとたん、ザワリと肌が総毛だった。

何も聞こえないばかりか、虫のすだきも蛙の声も聞こえないのだ。万物が息を止めてしまったようなこの真空状態、これを〝殺気〟というのではなかろうか。

先頭の青田は、すでにカッカッカッ……と橋に踏み込んでいた。

「一気に駆け抜けよ！」

杉浦の突然の号令で、ただちに幸四郎、宮地と早足で続いた。

中の橋は、資材運搬のために幅広く頑丈に作られているが、ここで挟まれたりしては厄介だ……。

そう思った時だった。

前方でパーンと短筒の音がした。

続いてヒヒーンと馬の嘶《いなな》く声……。

「殿、戻られませ！　罠です！　引き返されよ！」

青田の叫び声がした。

馬は短銃で撃たれたのか、音に驚いたのか、前方で棒立ちになった姿が淡い月明かりに見えた。青田は、襲いかかる賊の一人に、馬上から果敢に飛びかかっていく。

もう一発の銃声が響いた。

一体何が起こったか。

それは橋の中央まで来て分かった。馬が出られないよう、橋の降り口に綱が何本か張り渡されており、その綱を潜って何人かの賊どもがなだれ込んで来るではないか。

後方を振り向くと、後ろもすでに縄で封じられ人影が動いている。

青田は、男と組んずほぐれつの死闘を演じていた。男はどうやら銃を持っていて、今の銃声は暴発したものらしい。

「何者か！　名乗れ！」

幸四郎は叫びながら、羽織を脱ぎ捨てる。

頭を掠めたのは、四人が橋に閉じ込められたこと、このまま馬上にいては危険だということだ。

しかしこの囲みを破れるかどうか。

馬は怯え、暴れて、川に飛び降りかねない。川はさして深くないから、下に墜ちるとまず怪我をするだろう。打ち所が悪ければ即死だ。馬を何とかしなければ凶器になる……。

「突っ走るしかありません！」

幸四郎は叫び、杉浦が頷くのを見て、馬の腹を蹴った。

群がる敵を巧みに斬り抜け、橋の出口まで走り、刀をかざして張られた綱をズタズタに切った。

とたんに背後から誰かの腕が足に絡みついてきて、馬からひきずり落とそうとする。

もんどり打って橋に叩きつけられ、態勢を立て直せぬうちに、間近に覆面で覆った顔が迫ってくる。脳天に白刃が振り下ろされるか、と身構えたところへ、男の背後にヌッと馬上の杉浦が迫った。

かれの刀は黒覆面の男の背に、袈裟懸《けさが》けに振り下ろされた。

男がのけぞった隙に、素早く幸四郎は立ち上がる。

「殿、ここはわれらに任せ、このまま突っ走られよ！」

幸四郎は怒鳴った。だが杉浦は馬から飛び降り、自分の馬の尻を思いきり叩いた。

馬は橋の向こうに飛び出して行く。

「馬を降りてどうされます！　一刻も早くここを脱出し、奉行所へお逃げくださ い！」

「馬鹿者、逃げて武士の一分《いちぶん》がたつか！」

割れ鐘のような声が返ってきた。

たしかに、着任したての奉行がお忍びの酒宴の帰路、賊に襲われて、命からがら一人逃げ帰ったとあっては、今後、奉行所に示しがつくまい。

そんな恥を晒すくらいなら、たとえ命を落とそうとも、賊どもと一戦交えるべきだ……と覚悟を決めているようだ。

さらに幸四郎が驚愕したのは、あの落馬も案じられた酔いどれが、いつの間にか羽織を脱ぎ捨てており、下の小袖に、白紐できりりと襷《たすき》がけまでしていることだった。

雪駄も脱ぎ、隙ひとつ見せずに刀を構える姿に圧倒された。

幸四郎は振るい立った。

（この奉行に、指一つ触れさせてはならない）

護衛の宮地も、杉浦を護るように寄り添っており、三人が背中合わせに布陣すれば、狭い橋上のこと、敵は前からしか来ないことになる。賊の数は十人前後と見た。どの者も黒っぽい着物にたっつけ袴で、顔を布で隠しているが、侍崩れの浪人らしく、斬り合いに馴れていて、巧みに斬り込んでは引き、引いては迫る。

だがかれら以上に水際立っていたのは、杉浦だった。

この奉行はめっぽう胆力があり、トウッと率先して斬り込んでは刀を突き上げる。すでに一人二人が欄干を乗り越え、絶叫しつつ川に沈んでいた。三人は背を合わせるように斬り結びながら、じりじりと橋の出口に向かっていた。

「青田はどこか」

杉浦が前を睨みながら、背後の二人に届く声で言う。

「見えません！」

と幸四郎。気にはなっているが、目を敵から外すことが出来ず、まして探す手だてもない。

「いいか……このまま橋を下りるぞ」

「はっ」

「その先は一気に走り、斬り伏せながら逃げ切る」

「はっ」

だが敵もさるもの、橋からは下ろすまいと、猛然と追い上げてくる。三人はなかなか橋を出られず、幸四郎は汗と血でぬらぬらになった手を、何度か着物で拭った。

果たして無事に橋を下りられるか。こんな所で潰えるわけにゆかぬのに、と思うと額に冷たい汗が滲んだ。

そんな時だった。

ワアッという地鳴りのような声が、耳を打ったのである。構えた相手から目を外せないが、辺りが明るくなったのを感じた。

「な、何だ、あれは！」

首領らしい男が叫ぶ。

その声が聞こえた瞬間、幸四郎と構えていた相手が刀を引いた。

幸四郎も面食らい、思わず目を遠くに移すと、街道の前方から何十人、何百人の者が、手に手に松明《たいまつ》を掲げ、駆けつけてくるではないか。振り返ると、逆の方向からも、同じように雲霞《うんか》のごとく人影が動いている。

声は橋の下からも聞こえ、見ると、川面に提灯の灯りが揺らめいていた。提灯に記された〝柳川〟の字が、目に飛び込んで来た。

(熊吉か……)

と幸四郎が思う間もなく、声がした。

「柳川組だ、逃げろ！」

三人を取り囲んでいた賊らは、一気に引いた。

連中は橋の両方向に向かって散って行ったが、その先にも、手に手に刀や網を持った者らが立ちはだかっている。

先々でまた小競り合いがあって、その新手《あらて》の勢いに黒覆面どもは次々と川に飛び込んだ。柳川の名を記す提灯は川面にも溢れ、誰か飛び込むと、スイと一斉に近寄っていく。

「あの熊吉……か？」

杉浦がまだ疑わしげに言い、事情が分からぬらしく刀を納めぬまま、しばし茫然と立っていた。

幸四郎にとっても同じで、橋上でのことがまだ信じられずにいた。

その後すぐ幸四郎らは、事情を知ることになった。

実はこのところ、真偽も分からぬきな臭い噂が、熊吉の仕切る裏社会に乱れ飛んでいた。過激な攘夷派浪士が、江戸から来た開明派の奉行の首を取ろうと、人を集めているらしい……と。

そんな時、小出からのお忍びの会食の申し込みがあったのだ。

柳川熊吉がそれを迷わずに受けたのは、かれにそれなりの備えがあったからだ。

まずは密かに、杉浦一行に、腕の立つ陰の護衛をつけた。

それればかりでなく、帰路は遠く、夜更けになるため、要所要所に手下を張り込ませたのである。その数、三百人。

特に襲われやすいのは〝中の橋〟と見て、その付近の街道沿いや、橋の下に船を浮かべて手下を忍ばせた。

かれのやり方は独特だった。

賊が現れても何もしないでいい、ただ松明や提灯をかざして取り囲むだけで相手は逃げる、という人海作戦である。

もし賊が出現しなければ静かに水のように引け、と命じてそれぞれに酒手《さかて》を弾んだという。

四人が橋上に閉じ込められたと知るや、かれらは花火を上げて合図した。近くにいた仲間達はその地点に一斉に集まり、おかげで賊は橋の上で立ち往生となったのだ。

そのうち無傷の者は四人、死傷者が七人。舟に転がり落ちて捕縛された者が二人。逃げおおせた者がいたかどうかは不明である。

引きかえ、奉行側に犠牲者は出なかった。

青田は格闘中に橋から転がり落ちたものの、下の舟に受け止められ、足首の捻挫《ねんざ》ですんだ。馬は四頭とも無事に逃げ帰って、大事に至らなかった。

取り調べの結果、賊の首領は、またしても過激な攘夷派の浪人と判明した。

幕府の開明派をつけ狙って殺傷に及び、江戸にいられなくなった者だった。箱館に流れて再び不満分子を集め、一旗上げて、江戸に帰ろうと画策していたという。


「昨夜は大儀であった」

翌日、杉浦は、幸四郎と宮地を詰所に呼んで言った。

いつもと変わりない赤ら顔をしていたが、頬に貼っている膏薬《こうやく》が目立っている。青田は足が腫《は》れて動けず、休んでいた。

幸四郎は手首に包帯を巻いていた。落馬する際に手綱が絡まって肉を抉《えぐ》り、昨夜帰ってから、漢方薬に通じている家僕の磯六《いそろく》の手当を受けたのである。

「その怪我は、大儀ないか」

奉行は包帯に目を止めて、問うた。

「はい、掠り傷にございます」

「その程度で済んで良かった。とんでもない賊に驚いたが、しかし……そなたら、よく戦ってくれた」

「いえ、危ないところでございました。このような不祥事を起こし、誠に面目もございません。情報収集に問題があったかと……」

と幸四郎は平伏し、進退伺いの書状を懐から出した。

「あいや、それはいかん、どう万全を期したところで、敵は襲ってくるものだ。どう対処したかが肝心である」

「しかしながら……」

「いや、支倉、まずはそれを引っ込めろ。これには裏がある」

杉浦は手を振って、言った。

昨夜のうちに小出から見舞いの者が駆けつけ、事情を話してくれたというのだ。

「小出殿が、忍びで私を招かれたのは、他ならぬ熊吉の店だったからだ。あの者は、公儀の客には、黙っていても陰の護衛をつけるという」

今回の三百人態勢の護衛は、さすがの小出にも予想外だったようだが、熊吉はそういう人物で、断ってもそうするのだという。

それを承知していたため、小出は安心していたらしい。

「いや、新参者としては、この町を肌で知るいい経験だった。いつ狙われて命を落としかねない危険がある半面、熊吉のような俠客もおるのだな」

「はっ」

「それ、しゃっちょこ張っておらんで、その書状を私によこせ。こちらで処分しておこう」

杉浦は、幸四郎と宮地から進退伺いを取り上げた。

「それにしてもこの町では、こんなことがよく起こるのか？」

「いえ、よくということもございませんが……辻斬り、闇討ちと申すものは、比較的よく起こるようです」

幸四郎は宮地に同意を求めるように言い、つい最近も襲われかけたことが思い出された。

「それがしも最近、五稜郭の近くで襲われたことがございました」

「ほう、して敵の正体は？」

「よく分からないのです、ただの物盗りだったかもしれません」

「ふむ、そうか、油断ならんな」

「ただ畏《おそ》れながら……」

宮地が言った。

「お奉行は直心影流の免許皆伝と承《うけたまわ》っておりますが、さすがと昨夜はお見それ致しました」

「いや、しかし、実戦に及ぶのは久々だ」

さすがに杉浦は唸るように述懐した。これほど大々的に刀を振り回したのは、家茂公の護衛で京に赴いた時、四条大橋で無頼の集団に囲まれて以来のことだと。

「いずれにせよ、今度のことはあまり広めてくれるな」

苦笑して言い、手を叩いて近習を呼んだ。するとすぐ源七が現れ、折敷《おしき》に載せた菓子の包みを、それぞれに差し出した。

「これは見舞いというより、口止め料だ、ははは……」

「畏れながら、受け取れません」

幸四郎が固辞して言った。

「実を申しますと、われらはむろん一言も漏らしておらんですが、所内ではもうすっかり評判になっております」

「うーむ、それは困った」

　奉行は膏薬を張った赤ら顔に苦笑を浮かべ、少し考えるふうだった。この刃傷沙汰を、江戸に報告するつもりはないから、変に噂になっても困るのである。

「今後は、何を訊かれても答えるな。そうだ、橋で襲われたが、そのまま五稜郭まで突っ走った、ということに致そうか。ふむ、それがいい、わしは刀を抜かなかったと……」

「心得ました」

　老中肝入りの幕吏にしては、何と気さくな、融通無碍《ゆうずうむげ》のお奉行だろう、と幸四郎は内心驚いていた。昨夜のきりりとした武勇の姿が、やはり夢の中の出来事のように思えるのだった。

「いや、しかし……」

　と杉浦は最後に言った。

「昨夜の柳川鍋は実に旨かった。だが何と申すか……どうも地獄鍋まで堪能した気分であるのう」

第五話　鈴蘭《すずらん》の花咲く頃

一

五月一日は、御役所は休みだった。

だがいつも通り薄暗いうちに起きた幸四郎は、竹刀を手にして雨戸を開け、初めて雨降りだと気がついた。

庭は久しぶりの柔らかい雨に濡れそぼりつつ、静かに明けつつある。かれは軒先に下りて伸びをしてから、庭を眺めた。

いつの間にか水仙が咲き、芍薬《しゃくやく》の蕾《つぼみ》が膨らんでいる。

四月は山のような公務に追われて過ぎてしまった。我が暮らしは、何と余裕のないことだろう、と改めて思われた。

新体制になってから、奉行詰所では毎日のように評議が行われた。その席に小出前奉行は、織田目付を伴って欠かさず出席した。

杉浦奉行への引き継ぎも、律儀《りちぎ》過ぎるまでに丁寧だと評判だった。弁天砲台、医学所、運上所などへの視察、さらに各国領事への挨拶廻りにも、必ず小出は同道している。

その多くに幸四郎は随行を命じられ、連絡や警備に神経をすり減らしてきたのだ。

それが今日はないと思うとホッとするが、別の仕事がある。

なおも雨が降り続くその午後。

家僕の与一と馬の口取りの次郎吉を供に家を出て、西部地区の古着問屋『厚木屋《あつぎや》』を訪ねた。

「あら、支倉様……！」

暖簾から顔をのぞかせると、店で針仕事をしていた女将のお千賀《ちか》は、指抜きを外して裁縫道具に押し込み、前垂れの結びを解きながら、土間まで降りてきた。

「お久しぶりでございます。嬉しいわ。どういう風の吹き回しでしょうかしら」

「いや、通りがかりに、ちょっと顔を見たくなった」

「ほほほ……またそんな喜ばせることを。皆でお噂ばかりしておりましたのよ。さ、さ、どうぞ……」

傘を奪い取って丁稚《でっち》に渡し、手を取って上がり框に導く如才なさは、相変わらずだ。

この厚木屋は大町、大黒町、弁天町など西部地域では最も大きな古着屋である。数年前から亭主が中風《ちゅうぶ》で寝たきりなのを幸いに、その口八丁の女房が、才腕を発揮してきた。

町の情報通で、引っ越しと聞けば飛んで行って古着を引き取ってくる。また山ノ上遊郭に食い込んで、花魁が亡くなったと聞くと、仕掛け（打掛け）を引き取らせてもらいに行く。

鰓《えら》が張って平たいその顔は美人とは言えないが、細い目と薄い唇がよく動き、広いおでこに愛嬌があった。

二年前、このお千賀が馬に蹴られそうになったのを、幸四郎が救ったことがある。それを恩義に感じてか、以来、商売で得た市井《しせい》の裏情報を、惜しまず提供してくれるようになった。

お千賀はいそいそ茶の支度をしていたが、幸四郎に茶を出しながら、あっさり言った。

「……今日は浪花屋《なにわや》さんのことでございましょ？」

「まあ、そうだ」

見透かされて、苦笑しつつ本音を吐いた。

「実は少し訊きたいことがある」

「そうでございますか、やっぱりねえ」

「何がやっぱりだ」

「いえ、あのお登世《とよ》さんは、三日に一度はこの厚木屋に見えて、着物を見ていきなすったもの。支倉様はよく分かっておいでだと、ほほほ……」

お千賀は細い目を細めて笑い、帳場を振り返った。

「番頭さん、店はあたしがみるから、少し休んでおいで」


小出がこの一件を幸四郎に振ったのは、十日ほど前のこと。

新奉行の到着が翌日に迫っており、かれが箱館奉行を名乗るのはあと一日だった。

杉浦兵庫頭一行は、すでに青森に入港しているであろう迎船箱館丸で、夕方には箱館に向かうだろう。

奉行詰所では、朝から入念な打ち合わせが行われ、奉行所は慌ただしい空気に包まれていた。

そんな中で小出奉行は平常通り淡々としてはいたが、杉浦の着任と同時に役宅を出て、旅宿に移ることになっている。

打ち合わせが終わった時、幸四郎は残るように言われた。

「……大方の案件は処理したが、一件だけし残したことがある」

幸四郎だけになると、小出はおもむろに言った。

この一件とは、少し前に、大黒町の木綿問屋『浪花屋』に起こった、内儀《おかみ》登世の変死事件である。

『浪花屋』は大黒町通りに面し、三戸前《みとまえ》の蔵を持つ、間口七間の大店だった。主人市蔵《いちぞう》は三十五で、七つ下の登世との間に、二人の子がいる。

同居する登世の実母お稲《いね》は、今は隠居しているものの、大内儀と呼ばれそれなりの力を持っていた。

そのお登世が、呑めない酒を大量に呑み、翌朝寝床で死体で見つかったのである。

奉行所は殺しも視野に入れて調べを進めたが、小出の裁決が下りないうちに、奉行交替になろうとしている。

もともと箱館奉行所は、北の警固のために置かれた御役所だから、町方の事件には深く関わらない決まりだった。

初期の頃には、手鎖《てぐさり》や過料（罰金）などですむ軽犯罪のみを扱い、それ以上の重罪は、江戸に伺いをたてていたのだ。

この慶応二年には、重追放までの判決が許されていたが、死罪についてはやはり中央を仰がねばならない。

だがこの『浪花屋』事件は事故死と見られたから、大事に至らせず、小出の在任中に何とか決着させたい……と町方同心は調べを急いだふしがあった。

普通なら早々に一件落着させるところだろうが、この小出奉行では、そう都合よく治まるはずもない。

「町方の調べでは〝事故死〟としておるが、私にはいささか釈然としない。といって、異説を出すにも決め手に欠けるのだ。このまま去ればそれで落着だが、どうも心残りだ。……どうだろう、これをそちに預けるから、もう一度洗い直してみないか。いや、当面の案件が一段落してからでよい」

「はっ、承知しました」

いつも通りに答えて、ふと胸が熱くなる。

小出奉行とのこんな日常のやりとりは、これが最後と思ったからだ。向き合えばいつも、自分の甘さを見透かされるようで、竦《すく》むような思いがしていたが、それも最後となると胸の内を風が吹き抜けるようだ。

もうこのような奉行に、会うこともないだろう。

小出が箱館を去るまであと半月足らず。それまでに何とか目鼻をつけ、安堵する顔が見たかった。いや、〃よくやった〃と褒められたかったのかもしれない。

そんな胸中を知ってか知らずか、小出は太い一文字眉を寄せてじっとこちらを見ている。

「心得ました。なるべく早く結果を出す所存です」

と答えたものの、なかなか手をつけられないでいた。

小出から渡された調書によると、事件はこうである。

四月十五日、『浪花屋』主人市蔵から、内儀登世の死亡届けが出された。それには〃酒精の急性中毒〃という医師の診断書がつけられていた。

その朝、登世は、蒲団の上に倒れ伏し、吐瀉物《としゃぶつ》にまみれて事切れていたのだ。前夜、界隈の問屋の寄り合いがあり、風邪気味の夫市蔵に代わって内儀の登世が出て、呑めない酒をしたたか呑んだ。

四つ（十時）過ぎに帰宅するや嘔吐《おうと》し、苦しみ始めた。

通いの番頭佐平《さへい》は、市蔵に指示されて水を呑ませ、二日酔いの特効薬〝五苓散《ごれいさん》〟を与えたところ、落ち着いた様子だった。

佐平が戸締まりして店を出たのは、九つ（十二時）。

女中のトメが異変を発見したのは、翌朝、いつも通り起こしに行った七つ半（五時）である。

トメはすぐ大内儀に知らせ、そのお稲の指示で、ともあれ近くに住む掛り付けの医者安井草庵《やすいそうあん》を呼んだ。

駆けつけた草庵は死体を調べ、下戸《げこ》が大量に飲酒したことによる〝急性中毒死〟と、死亡診断書に記した。

草庵は、奉行所がこの西部にあった頃からのお抱え医師だったから、その診断書に目を通した下役の田淵憲助《たぶちけんすけ》は、特に疑いを挟まなかった。

だが単純な事故と見て検死に赴いたところ、浪花屋主人市蔵が、朝から不在と知り、妙な具合に話がねじれてきた。

番頭の話では、市蔵は日頃から、夕食後すぐに寝て未明に起き、近くの弁天台場辺りまで釣りに出掛けることが多いというのだ。

今朝も釣りに出掛けたようだが、いつも朝食前に帰るのに、この日はまだ帰っていないと。

死亡届は市蔵の名だが、手配したのは大内儀のお稲だった。

「お稲をここに呼べ。女房を殺《あや》めたのは市蔵ではないのか。何をぐずぐずしておる!」

と田淵はいきり立ったが、お稲は発作を起こして寝込んでおり、話せる状態ではないという。

そこでやむなく番頭佐平が、書き出された質問の答をお稲の枕頭《ちんとう》で聞いてくる、という方法で事情を聞いたのだ。

田淵の報告を聞いた小出奉行は、すぐに市蔵の捜索を命じた。

町方同心は、追っ手を動員して市蔵の足取りを探ったが、その姿は杳《よう》として見つからぬまま、現在に至っている。

「浪花屋のお登世さんは、亭主に毒殺された……」

という不穏な噂が、すでに界隈に流れていた。

田淵は、改めて安井草庵を奉行所に呼び出した。

「お稲は、駆けつけた時は娘の登世はまだ生きていた、だからそなたを呼んだと申しておるが?」

すると五十代のこの医者は、首を傾げた。

「……お稲さんはそう言いなさるが、手前が駆けつけた六つ前には、息が止まっておって、生きていたとは申し難い。生きていると思いたい気持ちは分かるが、死亡時刻はもっと前です」

「吐瀉物はあまりなかったというが、お稲が部屋を掃除させたそうだな？」

「娘の乱れた寝所を見せたくないとの、母心でしょうな」

「何か……例えば毒物などの痕跡を消すためではないのか」

「いえ、その可能性は低いと見ました」

と考え込みながら、医者は言った。

「前夜の症状からして、毒物は考えられんです。大量に呑んで嘔吐を繰り返し、呼吸困難に陥った……つまり酒中毒ですよ」

「料理茶屋での食あたりは考えられぬか？」

「それも、あまり考えにくいですな。他の客に一人も、患者は出ておらんのですから」

「仮に毒物とすれば、何が考えられるか」

「症状が似ていると申せば、まずはトリカブトですかねえ。どこでも入手出来るし、確実に死に至ります……。そう、この蝦夷で採れるエゾトリカブトは、猛毒にかけちゃ天下一品ですよ。これに効く解毒剤《げどくざい》もありません。しかし……即効性が強く、胸をかきむしって激烈に苦しむこと四半刻（三十分）ですかね。いやもっと早く、心の臓が止まりますわ。明け方、自分で呑んだのなら話は別ですが、そうでなければ、まず考えられません」

「トリカブト以外の、数刻かけてゆっくり効く毒物はどうか」

「そうですな、泥酔状態であれば、ちょっとした毒物でも、死に至る可能性はないでもないが……。しかし、あえてそのような毒物を考えずとも、酒精で相当参っていたでしょうな」

医師はそれきり首を傾げ、言葉を発しなかった。

田淵も医師の診断に従い、それ以上踏み込まなかったが、夫市蔵の不審な失踪については、さらに聞き込んでみた。

それによると、番頭佐平が九つに店を出る時、市蔵はお勝手の土間にいて、釣り竿の手入れをしていたという。

また下女トメが、最後にお登世の様子を見に寝所に行ったのが八つ（二時）。その時、市蔵は出掛けていたと。

家に居たのは、お稲と幼い子ども二人、二十歳に満たない手代《てだい》二人と、十五歳の丁稚とトメだった。

以上、何ともとりとめのない経過を踏まえ、死因は〝酒の急性中毒〟とするのが妥当だと田淵は考えた。

そもそもこの家では、〝男〟というものが活躍していないのだ。

最も力があるのはお稲で、その次がお登世。入り婿の市蔵はほとんど飾りの亭主だったから、夫婦仲は悪くなりようもない。

つまり互いに無関心で、店さえ守られていれば良かったらしい。

ただ昨夜は、市蔵が寄り合いに出るのを拒んだため、旦那が出ないと世間体が悪い、とお登世が珍しく愚痴をこぼしたという。

『浪花屋』はもともと、大坂道頓堀《どうとんぼり》の呉服の老舗だった。

箱館に移った今も、女系の強い大坂の流儀でやっているが、ここは大坂とは違う。甲斐性のない亭主に、世間の目がきついのだと。

それで口論になって、お登世がやむなく代理で出た。

その妻が泥酔して、男に抱き抱えられて帰ったのを見て、さすがに市蔵はこの家での立場に嫌気がさし、フラリと家を出たのではないか。

といってもいずれ帰ってくる性質のもので、今さら妻を殺めたりするような夫婦ではないと。

参考としてそこに詳述されていたのは、大坂出身の大商家の、いささか逸脱した暮らしぶりである。

大坂の商家は、代々、女系家族で通すことが多かった。祖母と母親が店を仕切ることで、嫁の実家に財産を奪われる事態を防ぐのだ。

たとえ父親や夫は遊女買いに明け暮れても、跡継ぎさえ授かれば、誰も文句は言わないのである。

だがお稲の夫は江戸者だったから、そうした〝軟弱〟な家風を嫌い、義父母が死んで浪花屋が危機に瀕《ひん》した時、大坂の店を畳んで、新天地を求めて蝦夷地に渡ったのだった。

開港したばかりの箱館で、防寒具を中心とした木綿問屋を開き、『浪花屋』と命名。ここでは〝男〟が実権を持ち、主人が活躍することで店は繁盛し、箱館でも指折りの大店となった。

やがて家族も呼び寄せるまでになったが、馴れぬ寒冷地でのがむしゃらな働きが祟《たた》り、夫は数年で他界した。

四十で未亡人となったお稲が、浪花屋を引き継いだ。

お稲は美貌で遣り手の大坂女だった。帯や着物も手掛け、新興地に溢れる津軽や秋田出身の女たちにあの手この手で宣伝した。おかげで着物はよく売れ、店の間口は拡がった。

奉公人を増やすことになって、雇われたのが市蔵である。

二十歳になったばかりの色白のこの美男子は、三味線が得意で手先が器用だったから、すぐお稲に目をつけられた。

「市さん、ちょいと腰を揉んでェな」

「市さん、三味線を聞かしておくれ」

と寝所に呼びつけられるまま、いつの間にやら情夫になった。やがて一人娘お登世が十七歳になると、その婿に迎えられた。

商才など皆無だが、女系が継続されればいいのである。

娘婿になっても義母との関係は切れず、市さん……とお呼びがかかると、深夜でも忍び足で廊下を通り、ミシミシと階段を昇って行く。

登世はそれを見て見ぬふり。娘と息子を授かったことで事足りて、自分は気ままに遊んでいたのだ。

母譲りの美貌で、肌は肉にぴったり吸い付いて薄く、吊り気味の目には色気が滲み、文楽人形さながらに着物を着こなした。

赤ん坊を乳母に任せ、旅役者を追いかけて一ヶ月も家を留守することもある。帰ってくると〝ただ今〟と何事もなさそうに言い、市蔵は〝お帰り〟と迎える。

今はお稲が隠居して、店がお登世の仕切りになっているが、すべて番頭任せで、その遊行費は途方もなかった。

商売は急激に傾き、十五人いた奉公人は半減しているという。

二

「……ここだけの話ですけど、お登世さんには、ずいぶん商売させて頂きましたの。新品同様の着物を惜しげもなく払い下げてくださるし、うちからも沢山、お買い上げ頂きました」

番頭が奥に消えると、お千賀は声をひそめた。

「あのご夫婦は、近所でもずいぶん評判でしたよ。いえ、うちのようなおかめひょっとこじゃ、噂にもならないけど、美男美女夫婦の乱れた関係ときちゃ、口に戸はたてられません。幾ら隠したって漏れるものでね」

「しかし義母と通じているとは、市蔵もいい度胸だ。その分じゃ、お登世にも情人がいたんじゃないのか」

「まあ、さすがご慧眼《けいがん》ですこと。ええ、お登世さんにも、ちゃんと好きな殿方がいたんです」

「ほう？」

「ほら、この坂を降りた所にある相模屋《さがみや》さんの若旦那……。あの長次郎《ちょうじろう》さんとお登世さんはいい仲だったんですよ、おっ母さんの情夫を押し付けられて、お登世さんにも言い分がありましょう」

実は幸四郎はすでに、その海産物問屋の若旦那に会っている。

かれは寄り合いの世話役であり、気分が悪くなったお登世を家まで送った男である。荒くれを束ねて漁にも出るため、肌は真っ黒に日焼けし、眉が濃く目がぎょろりとして、いかにも骨太な関東男だった。

前日の寄り合いには、お千賀も顔を出しており、お登世と長次郎の親密さはあからさまだったという。

「お登世さんは、長次郎さんの前で、下戸なんて思えないほどぐいぐい呑んでましたね。あの夜は、帰らないつもりだったんじゃないかしら」

「しかし帰った……」

「幾らなんでも、世間体もありますから。お子さんもいるし」

とそこでお千賀は、ぐっと声をひそめた。

「ここだけの話、あそこの一人娘のお園《その》ちゃん、お登世さんが結婚して、たった三ヶ月で生まれた子ですよ。ええ、もちろん市さんは、すべて承知の上でしょうけど。その子、父親とちっとも似ていないって評判です。今は十歳になるけど、ますます誰かさんにそっくりになってきたって話……」

「ふーむ」

幸四郎は考え込んだ。

初めは田淵の書いた調書は、信じられぬと考えていたが、お千賀の話を加えると、そうかもしれぬと思えてくる。

女系か何か知らぬが、武士の家ではとても考えられない、どうにもだらしない一家らしいのだ。

お登世の不倫が世間に取りざたされ、世間体があまり芳しくない市蔵は、情人と噂の長次郎の仕切る寄り合いを欠席した。その代りに出掛けて行った女房は、泥酔するほど呑み、こともあろうに噂の男に抱き抱えられ、送られてきたのだ。

日頃の鬱屈《うっくつ》が急に爆発し、女房に一服盛り、釣りと称して行方をくらました……。

そんな推理も、充分に筋が通りそうだ。

いや、市蔵による毒殺など考えなくても、お登世の死はあり得たようだ。

だが一方、他にも強い動機があった者がいたのではないか。

まずは長次郎である。すでに結婚し、子どもも何人かいる身。お登世の長女についてのあらぬ噂は、信用第一の大店の若旦那には、とんだ醜聞になろう。

お登世の寝所は離れにあり、お稲は土蔵の二階、番頭佐平は通いだし、手代や丁稚は中二階で、女中は勝手横の女中部屋にいる。

お登世の協力さえあれば、誰にも気づかれず忍び込むことも可能だろう。仮にお登世を殺したとしても、疑いはかれより市蔵にかかるに決まっている。

「さて、そのお稲についてだが……」

幸四郎は冷めた茶の残りを呑んで、言った。

「これから会いに行きなさるのですね」

お千賀は複雑な笑みを浮かべ、図星をついた。

「その通り。肝心カナメのお稲が、まだ一度も調べに応じていないのだ。今日は何としても、直々《じきじき》に糺《ただ》さねばならぬ。こちらは突然押し掛けるのだが、在宅かどうか……」

お稲は病と称して、番頭を介してしか事情を伝えていない。

担当の田淵は、一人娘が変死したことに同情して、会わぬままに調べを進めてきた。

それが、全体が不明瞭になっている根本原因だ、と幸四郎は見当をつけた。今日はなんとしても、乗り込むつもりである。

「ええ、ええ、大丈夫ですよ。お稲さんは、土蔵の二階に籠って居なさるでしょう」

「土蔵の二階に？」

「そこに住んでおいでなのです。病に臥せってからもずっと籠って、誰も面会謝絶ですって」

お千賀は言い、意味ありげに笑った。

「でも、ほんとに重病でしたら、土蔵の二階なんかに寝ちゃいられませんよ。水廻りが不便でたまりませんから。番頭にぐずぐず言われても、御公儀ですもの、ズンズンお入りなさいまし。ええ、大丈夫です」

案の定、お稲は、番頭を通じて面談を断ってきた。立ち眩《くら》みがひどく床から起き上がれない……と。

「ではこちらから、参ろう。案内致せ」

お千賀の助言通り、有無を言わさずに上がり込んだ。

うろたえる番頭佐平を、構わず案内に立てた。佐平は薄暗い真っすぐの廊下をすり足で進み、突き当たりにある土蔵に入るや、幸四郎をそこに待たせて、アタフタと梯子を上がって行った。

「佐平にございます……」

という声が上から聞こえたきり、静かになった。

待たされている間、幸四郎は階段下に佇んで、周囲を見回していた。この一階は遊郭の張り見世のように造られていて、大まがきと呼ばれる格子戸まであった。壁にかかる照明はギヤマンのらんぷで、艶《なまめ》かしい明かりが灯っている。

ここで夜な夜な繰り広げられる花魁遊びの狂態を想像すると、この新興の町も変わってきたものだ、と妙な感慨を覚えた。

ようやく降りて来た佐平は、チラと二階に目をやって言った。

「お待ちでございます、どうぞ……」

一呼吸置いて階段を軋ませて上がる。二階の仕切り戸を開けて部屋に踏み入って、ウッと息を呑んだ。

むっと鼻を覆う濃厚な甘い香り……。

それは領事たちの妻や娘たちが、その白い肌につける異国の香りである。その香りの奥には、甘い〝阿片《あへん》〟の匂いが溶けているようにも感じられた。

薄暗い座敷は、さながら花魁の本部屋のしつらえだった。

目が馴れてくると、だんだん見えてきた。

畳を敷きつめた六畳ほどの中に、小造りだが凝った茶簞笥、鏡台、長火鉢などが置かれている。さらに奥に寝所があるらしく、この六畳間とは六曲一双の屛風で仕切られている。

部屋の入り口に、息を呑んで突っ立っていると、軽い衣擦《きぬず》れの音がして、屛風の陰から女が這い出て来た。

三

「……稲にございます」

女は両手を付いて、やや嗄れた声を発した。

「わざわざここまでお運び頂いて、ほんまに恐縮でございます。こんなむさ苦しい姿では失礼や思うて、お目通りを辞退させてもろたんやけど……」

江戸言葉を心がけつつも大坂訛りが混じる、という話しぶりが、不思議に艶かしい。

「苦しゅうない、楽に致せ」

幸四郎は入り口近くにどっかりと座り、刀を脇に置く。

お稲は長火鉢まで這ってきて、手燭の明かりを行灯に移した。

仄かな行灯の明かりにその姿が映し出されると、幸四郎は胸苦しく、息が詰まりそうになった。そこに座していたのは、白くふっくらした、美しくも奇怪な大年増だった。

こんなに色の白い女は見たことがなかった。

昔は面長だったようだが、今は肉がついて丸く膨らんでいる。二重顎……張った鰓《えら》……厚化粧を塗り込めた白い肌……。

一瞥《いちべつ》でそんなことを見てとった。

赤い寝間着を纏った小太りの体に、杏色と濃紫《こむらさき》の花柄のどてらをぞろりと羽織り、肩の辺りに一つに束ねた長い髪の尻尾が垂れているのが、一抹、病人らしさを感じさせる。

だが切れ長な目には、五十女とは見えない婀娜《あだ》っぽい光が宿っている。

「それがし、奉行所調役の支倉だが」

幸四郎は咳払いを一つして、切り出した。

「少し訊きたいことがある、正直に答えてもらいたい」

「まあ、ハセクラ様……。そうですか、調役のお役人様ですか。知ってはるかどうか、ここには村垣奉行様も来はってますねんよ。小出様ともお近づきになりたかったんやけど……」

(村垣奉行がここに来たと？　嘘だ。偉い人の名を挙げて、威圧しようとしているのだ)

幸四郎はそう思い、何も聞き返さずに訊ねた。

「まずは、お登世の異変を知ったのはいつか？」

「ああ、あの日は……朝まで何も知らんと寝込んでおりました。ここは外の声はまるで聞こえへんさかいに、よう眠れますのや」

お稲は、朝起こされるまで、何も知らなかったという。

女中の知らせで、お登世の寝所に駆けつけたのは七つ半(五時)。部屋のあまりの惨状に肝をつぶし、医者が来るまでに蒲団の回りを、掃除したという。

「何かを隠すつもりではなかったか？」

「それはもう、お役人様、隠したいものばかり……。でも気が動転して、まずは吐いた物を片付けましたのです」

「お登世の寝所は、離れにあるのか」

「はい、ですから何も知らなくて……」

離れには三間あり、お登世は奥の六畳を寝所とし、真ん中の六畳を居間にして、手前の六畳を子ども達に与えていた。

あの夜、お登世は番頭と市蔵に介抱されて落ち着いたのである。市蔵は寝間に引き取り、佐平は裏店《うらだな》に帰宅。

母屋にいた下女トメは、八つ（二時）に見回ってから、お登世の呼び鈴の音を聞いていないという。

「女中が血相変えて呼びにきたのは、朝の七つ半（五時）過ぎで……私が駆けつけた時は体はまだぬくく……ええ、まだ生きているように見えましてん」

お稲は声を詰まらせた。

その時である。屏風の向こうに、何かの気配が微かにしたように幸四郎は感じた。

「ごめん！」

やおら刀をわし摑みにして立ち上がるや、屛風まで一飛びした。

屛風を押し開けると、目に飛び込んだのは、寝乱れた桃色のふかふかの蒲団である。

その真ん中に丸まり、怯えたようにこちらを見上げているのは、太った真っ白い大猫だった。

「まあ、お役人様ったら……」

お稲は啞然としたように見上げていたが、急に笑いだした。

「誰がそこにいると？　ほほほ……誰かが匿われているとでも？」

幸四郎は無言で奥を見回し、元の場所に戻った。

実は初めから市蔵がここに匿われていると目星をつけ、機会を伺っていたのである。

その予想は外れ、かれは卒然と調べに戻った。

「医者が来る前に寝所を掃除し、片付けたと申したが、何がどう乱れ、どんなものが散乱していたのか、有り体《あてい》に申せ」

「まあ、そんな……覚えちゃいませんよ」

「何か見られては困る物でもあったのでは？」

「何度も申していますやんか、それはたしなみと違いますのか。お医者が来る前に、娘の寝間を恥ずかしくないよう整えたのは、あかんでっしゃろか？」

　お稲は切れ長な目を吊り上げ、急に大坂弁をむき出しにして、野太い声で食ってかかった。

「そもそも、なぜそんなこと訊かれなあかんのです……娘は、ただの飲み過ぎで死んだんと違いますの？　それとも殺されて、この母が、下手人を自分の蒲団に匿っているとでも？」

　その迫力に気圧《けお》され、筋道が乱されそうになって、幸四郎は短く答えた。

「質問にだけ答えよ」

「確かに手掛かりを消したかもしれへんけど、消そうと思うてしたことやない、市蔵はおらへんし、私《うち》がしっかりせなあかんと夢中になってのこと……」

「その時、亭主の市蔵はどこにいたのだ？」

「釣りですやん」

「なぜ釣りと分かった？」

「そんな……女中がそう言うたんやし、家族なら分かりますやんか」

「起こしに行った若い女中だな。名前は何と？」

「ええ、トメ……」

「ふむ、しかしトメがそう言うはずはない。すでに本人から事情を聞いたが、トメは市蔵の部屋には行かなかったと。朝はいつも寝所に居ないので、大内儀を起こす方が早いと……」

「確かに言うたんや。ほな、トメをここに呼んできまひょか」

「それはいい」

立ち上がろうとしたお稲を押しとどめた。この女が体を動かすたび、強烈な香水の匂いを振りまくのに閉口《へいこう》した。

「もう一つ答えてもらいたい。丁稚に医者を呼びに走らせ、手代に長次郎を呼びに行かせたそうだな。なぜ番所ではなく、長次郎なのだ?」

「ですから市蔵はおらんのやし、もう夢中で何が何やら……」

「その相模屋にも、〝市蔵は釣りに出ている〟と申したそうだな?」

「近くにいてへんかったら、当然そう思いまっしゃろ、それがどうしたと言わはるんです?」

お稲は細い目を吊り上げ、居直った。

今までの調べで幸四郎が分かったのは、昨夜、お登世が帰宅してからの市蔵の動きを、誰も知らないということなのだ。

それほどこの家ではかれは影が薄く、存在感がない。そのことに幸四郎は改めて驚いていた。

「そなた、お登世の遺体を見て、誰かに殺められたとは疑わなかったのか」

「誰かって誰のことですねん」

「例えばの話だ。普通はそう考えるものだ」

「この家には、そんなことはありまへん。女が差配していれば安泰ですのや」

「そなた、何か知っていて隠しているようだな？」

「何かって何ですの？」

「たとえば、市蔵の行方を知っているとか。市蔵はお登世を殺し、逃げたのではないか？」

「まさかそんな……」

声を途切らせ、お稲は幸四郎を見つめた。

その目にみるみる涙が溢れるのを見て、かれは嫌な予感がし、そろそろ引け時と思った。どうにもこの女と向かい合っていると、何だか濡れた布に覆われているような、息苦しさがあった。

立ち上がろうとする間もなく、やおらお稲は泣き始めた。

「お医者のお見立てでは中毒死なのに、それでも、私が市蔵を庇ってると言わはりますのか」

「今のところはそうだ、正直に申さぬと、奉行所に来てもらうことになる」

「まあ、支倉様、堪忍しておくれやすな。ええ、もしかしたら市蔵は、逃げたかもしれません。お登世なしでは、ここにはいられへん男やさかい……」

「そなたがおるではないか」

「いえ、私がいくら市蔵を可愛がっても、お登世が旦那様と認めてこそ、この家にいられますんや。そやから市蔵が、お登世を殺めるはずはありません。申し上げたいのはそれだけ……。支倉様、もう堪忍しておくれやす、そんなに苛めたければ、どうぞ存分に……ええ、どうしはってもかまへんえ」

言いざま羽織っていたどてらを脱ぎ捨て、赤い襦袢まがいの寝間着から、真っ白な肌を露わにしてすがりついてきた。

幸四郎は驚愕した。

一瞬、脳天が痺れるほどに恐怖し、たかだか女一人を、我ながら恥ずかしいほどの力で押しのけたのである。

お稲は畳に倒れ、その拍子に、懐中《かいちゅう》から包みが転がり出てきた。

音をたてて畳に散ったのは黄金色の小判で、ざっと二十枚くらいはあった。

「これは支倉様のためにご用意したものですねん、どうぞ受け取っておくれやすな、全部、全部や……」

鳥肌が立った。

（これが奥の手か……）

全身が不快に汗ばんで、耐えがたくなっていた。

女は狂乱していた。狂乱するにつれその肌は強烈な芳香を放ち、妖女めいてくる。これ以上ここにいたら、嘔吐しそうなところまで来ていた。

かれはつと立ち上がるや、物も言わずにそのまま部屋を出た。


土蔵の外に、番頭がまだ突っ立っていた。

その青ざめた顔を見て幸四郎は、この世に戻って来たようにホッとした。今の自分の慌てぶりが、いかにも未熟で恥ずかしく、すぐには言葉が出なかった。

「……どうでしたか？」

番頭がおそるおそる訊いた。

「ふむ……離れの、お登世の寝所を見たい」

先に立った番頭について、渡り廊下を渡った。

手前の六畳に十歳のお園と七つの末吉《すえきち》が寝起きし、中の六畳を挟んで、奥の間をお登世が使っていたという。

姉弟はいま親戚に預けられており、どの部屋にも障子が閉ざされていた。番頭が奥の部屋の障子を開いて中を見せてくれたが、今は片付いており、簞笥や机が静かに並んでいるだけだ。

四

帰りは雨も止み、濡れた土と木々の緑が匂いたって、気持ちのいい夕方が始まっていた。

自然が溶け出た濃密な空気を吸うにつけ、あれは一体何だったたか……と幸四郎は思った。お稲が市蔵を庇うほどに、市蔵は怪しく思え、わけが分からなくなった。

ともあれ今夜は軽く一杯やろう、それから考えようと思う。

脂粉の匂いに追いかけられるように、跑足《だくあし》で馬を駆り、およそ四半刻（三十分）で奉行所まで戻った。

休日の奉行所は静かだったが、入り口横の椅子に、下役の田淵憲助が、大柄な体を折り曲げるようにして待ち構えていた。

「お疲れ様でございます」

「や、もう帰ったのか。どうだ、会えたか？」

今日は朝から、在の大野村まで出掛けたのである。

浪花屋を去年辞めた元番頭の消息が、ずっと摑めないでいた。

何としても探し出すのだ、と幸四郎に命じられ、田淵は人づてに辿って必死で探していた。

今の浪花屋の奉公人は新入りばかりで、込み入ったことは何も聞き出せない。その点、元番頭の七兵衛《しちべえ》は、大坂時代から浪花屋に奉公しており、大坂を畳んでからは、お稲に従って海峡を渡って来た男である。

その七兵衛が、大野村で野良仕事をしているという噂を、最近になって耳にしたのだ。

「はい、何とか行って参りました。ですが七兵衛は、箱館に戻っておりまして、今は蓬萊町《ほうらいちょう》の呉服問屋の、一番番頭に迎えられておりました」

「では会えなかったのか」

という。

大野村でそう聞かされた田淵は急いで引き返し、蓬萊町まで訪ねて行って、会った

「七兵衛は、例の事件を噂で聞き及んでおり、たいそう案じております。早速にも奉行所に参上し、申したきことがあると」

「おお、それは地獄に仏……」

幸四郎は苦笑した。今は心底、地獄から戻って来たような気分なのだった。

「有り難い。明日にも奉行所に来てもらえ」

「手前もそう存じまして、実は、連れて参った次第で」

「えっ」

目を調べ室の方へ泳がせると、田淵は頷いた。

「あちらに待たせておるのですが、いかが致しますか？」

「いえ……」

行きつけの料理茶屋『俵屋《たわらや》』に案内するよう、申しつけた。

堅苦しい奉行所より、くだけた席の方が話し易かろうとの判断からだが、実際のところは夕闇も迫っており、たまらなく一杯呑みたい心境だった。

自身は雑用を済ませ、少し遅れて駆けつけた。

そこに待っていた元番頭は、四十半ばの実直そうな男だった。

ひところ大坂で大流行した雲州《うんしゅう》平田木綿の渋茶の着物に、黒紋付を羽織って、小柄ながら、大商家の番頭らしい風格を漂わせている。

自ら望んでやって来たにしては、主家の内情に口が重く、盃にも料理にもなかなか手をつけない。

「まあ、ざっくばらんにいこう。さあ、呑め……主人の市蔵という男は、どういういきさつで浪花屋に来たのか？」

幸四郎は酒を勧めて、根気よく訊ねる。

七兵衛は盃を口に運んで、ようやく語りだした。

「はい、十一年前の雪の日に、突然現れましてございます」

その師走《しわす》の凍てついた日、箱館は夕方から吹雪になった。

使いに出した丁稚が、見馴れぬ若衆に背負われて帰宅したのはそんな夕刻だった。

若衆が言うには、近くの神社の前を通りかかった時、この童《わらべ》が吹き溜まりで吹雪に巻かれ、動けなくなっていたと。

家を訊くと『浪花屋』と答えたので、ぐったりした童を背負い、雪に煙る店の看板を探しながら辿り着いたと言う。

お稲は感激しどこのお方かと訊ねたが、若者は市蔵と名乗り、昼過ぎの船で着いた〝旅の者〟としか答えなかった。

訛りがなかったから、おそらく江戸者だろう。

どうやらその夜の宿を探して、町をさ迷っていたらしい。

お稲は若者を家に泊め、その後もずるずる引き止めた。居候するうち市蔵は店を手伝い、手代となり、やがてお稲の寝所にまで通うようになった。

「色白の瓜実顔で唇が紅く、目が、こう潤んで……歌舞伎《かぶき》役者か、小姓にでもしたいような色男でしてな」

「で、本当は何者だったのか」

田淵が乗り出して訊いた。

「牢破り……。いえいえ、それは冗談です。どうもお天道さんと相性が悪そうで、あんまり店から出ェへんさかい、陰じゃ、皆そう言うとりましたんや」

場違いな冗談に、幸四郎と田淵は顔を合わせた。

「なるほど、釣り好きというのも、言われてみれば夜中や明け方ではあるな。江戸の伝馬牢でも破って逃げてきたか」

「いやァ、あの夜釣りというのも、何を釣ってるやら……。土蔵通いをごまかす口実だとは、今は誰も、よう存じています。夜釣りとか朝釣りとか、初めは手前もよう騙されたもんですわ。たまには釣りもしたらしくて、そのうちほんまに好きになったようで」

だんだん七兵衛は、饒舌《じょうぜつ》になってきた。

「まず申し上げたいのは内儀さんのことですが、下戸なんかじゃあらしまへん。大酒は呑まないまでも、よう呑んではりました。お稲様が皆に言うて、口裏合わせておるだけなんや」

「ええっ？」

「あれが中毒死なんかであるわけがない。ちゃんと下手人《げしゅにん》がいてますわ。いえ、手前には見当もつきまへんが、内儀さんを恨む奉公人は少なくなかったようで……。今だから申すのですが、お聞き苦しい話……内儀さんは男買いで一晩に何両も使いはるのに、奉公人には餅代も出しはらしまへん。そんなこんなで、手前も何度か意見するうち、居づらくなりましたんや」

「最近クビになったのは、子どもの乳母だそうだな？」

幸四郎が訊いた。

「ああ、お光《みつ》は、末吉坊ちゃんの乳母でして。今年の初めに辞めさせられました」

「そのお光は今どこにおる」

「そうそう、支倉様、ぜひその乳母に会うてみなはれ。お子達もそこにいてはるさかい……」

「親戚に預けられたのではないのか？」

「蝦夷地に親戚なんてありません。谷地頭《やちがしら》のお光の実家のことと思います」

お光は当年二十七。

松前の商人に嫁いでいたが、七年前に我が子を連れて、谷地頭の実家へ出戻った。

両親は、兄一家と共に箱館山の麓に住み、漁業と野菜作りで生計を立てているという。

五

五月五日は端午《たんご》の節句で、奉行所は休みだった。

家々の軒先に菖蒲《しょうぶ》が飾られた町を、幸四郎は田淵憲助を供に、騎馬で抜けていく。

向かう先は、箱館山の東麓に位置する谷地頭だった。

二人は馬上で、昨日の、杉浦奉行による武術見分を話題にした。

それは剣術、槍術にわたる勝ち抜きの試合で、男子の節句にちなむ奉行所の恒例行事である。

心得のある者を競わせ、その腕前を、奉行の御前で披露することになっている。

毎年、それなりに闘争心むきだしの勝負が繰り広げられたが、今年は、両術とも達人と評判の杉浦奉行が見分したため、いっそう活気溢れる試合となったようだ。

田淵は得意の槍術の部門に出たが、上位まで進まぬうち敗退。

幸四郎は練習不足をかこちつつも、剣術で出場し、例年のように何とか上位六人に残った。

杉浦の腕前をすでに知るだけに、餅菓子と金一封を賜って褒められたのが、かれにはことのほか嬉しかった。

そんなことを話すうち、遠くに見えていた箱館山は近くなる。

山裾に広がる山林で馬を下り、口取りの次郎吉に預けて、急な坂道を徒歩で上がって行った。美しい五月晴《さつきば》れだったが、二日前に襲った大嵐のため、足元はまだぬかるんでいた。

久々のひどい暴風雨だったが、おかげで乾燥した町を吹き抜ける馬糞風も収まり、周囲の木々の緑も濃くなったようだ。

坂を上がり切ると、低い灌木に囲まれて段々畑が広がっている。畑は張り付くように山肌を這い上がり、その中途に、粗末な板囲いの農家が這いつくばるように建っていた。

眼下には海が青く輝き、はるか水平線には、汐首岬に向かう蝦夷の山々が影絵のように浮かんで見える。

「結構、登ったんだな」

幸四郎は呟いた。

周囲を見回すと、人の姿も見えないが、どこからか焚き火の煙が漂ってくる。侵入者の気配を察してか、犬がしきりに吠えていた。

さらに、道なりにゆっくり歩を進めるうち、幸四郎は思わず嘆声を挙げ、足を止めた。

畑地を外れた窪みから、すぐそばに迫る山肌にかけて、白い可憐な花が一面に群生しているのである。そこから漂う芳香の、何と甘く清らかなことだろう。

「鈴蘭……」

この花を今まで一、二度見たことはあるが、これだけ群生している光景を見るのは初めてだった。

絶句して眺める幸四郎の脳裏に、ふとある言葉が甦っていた。

鈴蘭水……家僕の磯六《いそろく》はそう言った。

かれは昔から漢方薬を研究しており、箱館に来てからこのかた、暇をみては野山を巡って標本作りに励んでいる。

この磯六に幸四郎は、事件の見直しを命じられた日の夜、毒草について意見を求めたのである。

「トリカブトほど猛毒でなく、入手簡単な薬草はあるか？」

「毒のある草花はいろいろございますが」

磯六はすぐに答えた。

「そうですね、箱館には、鈴蘭がありますね。確実に死ぬるほど猛毒ではないですが、衰弱している時は危ないですな。花や茎にも毒がありますから、花を活けた鈴蘭水を呑んだりすれば、死に至る危険がございます」

「鈴蘭は、四月半ばでも咲くのか？」

幸四郎が意気込んで問うと、磯六は首を傾げた。

「この近郊……特に湯川の奥地には、それは素晴らしい群生地がございますよ。しかし、四月半ばではまだ早うございます。鈴蘭が咲くのはあと半月……そう五月の節句の頃からですかね」

四月半ばでは、まだ鈴蘭の毒は使えない。

そう得心して、その花は頭から消えたのだ。

そんなことを思い出していると、人声がして、幸四郎は我に返った。目を上げると、駈け寄って来る女の姿が目に入った。

「お役人様で？　遠くまでようこそおいでなされて……」

息を弾ませ、目の前で頭を下げているのは、ころりと固太りに太って赤ら顔の、いかにも健康そうな女だった。

「光にございます。昨日七兵衛さんが見えて、お話伺いました。はい、お嬢様と坊ちゃまは、この光がちゃんとお預かりしておりますよ」

一気に言って、ペコリと頭を下げた。

「そうか、それはよかった、よろしく頼む」

頷いて言い、目を鈴蘭に向けた。

「ところで……鈴蘭は、五月頃からしか咲かぬのか？」

「ええ、そうでございます。この花は、お日様と日陰が半々という所を好みますので、暑過ぎてもだめ寒過ぎてもだめ。これからの季節がちょうどいいのでございます」

「なるほど」

幸四郎は諦めたように頷いて、呟いた。

「気難しい花なんだな、鈴蘭は……」

「そうでもございませんが、ここは東麓で朝日がよく当たるのです。ほら、お日様は、この正面から上がって、こう……山の向こうを通ります。だから午後からは、ここは日陰になります」

光女は、空を指差して弧を描き、太陽の運行を示してみせた。

「何年前でしたか、湯川から株を頂いてきて植えたら、こんなに綺麗に咲くようになって……。地味が合ったらしく、湯川より早く咲き出しますよ」

誇らしげに女は、その丸い顔を笑み崩した。

「ほう？　早く……とはいつか、四月半ばには咲いたか？」

「はい、初咲きの鈴蘭を摘んだら、こんな大きな束になって……」

お光は手振りで、鈴蘭がいかに多かったか示してみせる。

「それを浪花屋に届けたのか？」

「あら、そうでございます、毎年届けておりますが。お園様が大好きで、楽しみにしておられるので……」

「今年も、お園に渡したのか？」

「はあ……」

「花は、お園の部屋に飾られたのだな？」

「お好きですから当然そうでしょうけど、あの、それがどうかしまして……？」

お光は急に目を見開いて、警戒するように問うた。

「この花には毒があるのは知っておるな」

「存じています」

「お園はどうだ、それを知っているか？」

「…………」

お光は答えず、眩しげに目を細めた。

賢い女らしく、毒と聞いて何か悟ったらしい。みるみる頬を引きつらせ、動揺のあまり声も掠れて出ないようだ
「あの……どういうことでございますか。この花には毒があるとお園様が存じていたら、どうなりますか」

「質問に答えよ。お園は、知っていたのだな？」

「私が教えましたから。けど、お腹を下《くだ》すぐらいのことと申し上げただけで……。私

らだって、人を殺めるような毒とは思っちゃいませんよ」

　声が掠れ、咳払いして改めて言った。

「ですから、お役人様。お嬢様は何の関係も……」

「お園はいるか」

「いえ、うちの子たちと、下の海に遊びに出かけました。もう戻る頃ですけど」

「待たしてもらおう。少し訊きたいことがある」

「な、何をでございます?」

　お光は睨みつけ、声を震わせて食ってかかった。

「何を一体……。まだ年端もゆかず、お役人様と聞いただけで怯える子でございます。それでなくても、母様のことで心が縮んでおいでで、一言も母様のことを口になさいません。それどころかほとんど何もお話しにならず、苦しくて、泣くことさえも出来ない状態ですのに……」

　そのことを、幸四郎も案じていた。だが子どもだからといって、話を訊かずに済ますわけにはいくまい。

「あの、どうしてもお訊きになるのであれば、この光に、その役をお任せくださりませんか」

「そなたに……？」

不測の事態が頭をよぎった。この乳母がお園に都合よく話を繕《つくろ》うかもしれぬ……。或いはお園が怯えて、この家を出奔《しゅっぽん》してしまうことも考えられる。

「それはまずい」

「お役人様、正直に申し上げます」

このお光という女も、肚《はら》が据《す》わっていた。

「鈴蘭の毒など、考えもしなかったですけど、実はこの光も、お園様に訊きたいことがございますの。ですが今は何もしない方がいい……。いえ、恐ろしくてとても出来ません……。夜になれば魘《うな》されて、未だに一人では寝付けない状態でございますから」

「………」

「何があったのか、私がやんわりと遠回しに訊くのでなければ、あの子は何も喋らないと存じます。問いつめたり叱ったりすると、壊れてしまいます」

「うむ」

「何か分かったら、ありのままに奉行所へ報告致しますから、どうかこの光にお任せ願えませんか」

その必死な態度に、心動かされずにはいられなかった。

この乳母に言われるまでもなく、母を失ったばかりの十歳の娘に、塩を塗り込むような質問は控えなければなるまい。

もし不測の事態が起きたら、それはその時のこと。ここはこのお光を信じるしかないのではないか。

そこが〝甘い〟といわれる所以《ゆえん》と知りつつ、幸四郎は決断した。

「よし、そなたに任せよう。問い詰めるのではなく、あの鈴蘭をどうしたか、確かめるだけでいいのだ。それから、お園を決して一人にせぬよう」

「有り難うございます。はい、誓って一人にはしないとお約束致します。でも……ただ、お役人様……」

お光は赤ら顔を青ざめさせ、じっと幸四郎を見上げた。

「もしもですが……もしも……」

幸四郎は、お光が言いたくて口に出来ないことを察した。

「ふむ。仮に最悪な事態になったとしても、まだ十歳の子だ。奉行所は決して悪いようにはしない。それはこの支倉が保証する。正直に話すことが肝要だと、よく言い聞かせてほしい」

田淵と共に、先ほどの坂を下って行くと、下から子どもらの一団が、賑やかに登ってきた。

下ってくる二人のために脇に身を寄せ、息を弾ませながら通り過ぎるのを待つ子どもらの中に、ひときわ目を引きつける小柄な女の子がいた。

桃割れに結った顔は浅黒く、目が大きくて、唇は内気そうに厚い。

色白で吊り目の浪花屋の血脈からは外れる顔だちだが、この娘がお園と思ったのは、顔に愁いがあり、どこかお嬢様らしいおっとりした気品が備わっていたからだ。

目が放せなくなってじっと見ていると、ただならぬ視線に感応して、少女は目を上げた。目が合った瞬間、何と澄んだ遠い目をしているのか、と幸四郎は思った。

だが娘はすぐに怯えたように視線をそらし、すり抜けるように坂を駆け上がって行った。

六

早めに床に入ったものの、あれこれ考えて、幸四郎は夜更けまで眠れなかった。

昼間に見た内気そうな娘の顔、あの澄んだ目が、瞼を離れないのだ。あれがお園か？　前後の状況からして、それはほぼ間違いなかろう。

考えてみればあの事件のあった夜、お園は、母親の寝室から一つ置いた部屋の蒲団の中にいた。水をほしがる母様の声、断末魔の苦悶の声を逐一聞いていたはずだ。

そんな時の、十歳前後の娘の心境とは、いかなるものだったろうか。日頃から奔放過ぎる母親の言動を、あの娘はどんな感情で、見ていたのか。

幸四郎には姉妹もおらず、女には疎《うと》い方だから、察するに余りある。だが不義の子を産み、我が夫を祖母に譲り渡して、平然としていた母親である。

幼い頃から母の生き様を見て育てば、嫌悪の感情や批判の目は麻痺《まひ》し、そういうものと思ってしまうものなのか。

お稲とお登世の母娘は、そうだった。

だが娘はどうなのか。決して許さず、いつか処罰しようと機会を伺っていたかもしれない……。

そうだとすれば、鈴蘭水を呑ませようと、いつ閃いたのだろうか。

あまりに疑問だらけで、幸四郎には結論が出せなかった。

宵の口から風がでてきて、北風が雨戸をがたがた揺すっていた。火の用心の見廻り組の声が、通りすぎて行く。

眠れぬままうとうとしていると、玄関の方が騒がしくなった。

何事かと耳を澄ますうちに、廊下に足音が近づいてくる。幸四郎は咳払いをして、起きていることを知らせた。

障子の外から与一の声がした。

「殿、起きておられますか。ただ今、七兵衛と申す者が、早駕籠で駆け込んで参りました。通用口に留め置いてございます！」

「七兵衛が？　うむ、座敷に通せ」

手早く身仕舞をして出て行くと、紋付で身を正した七兵衛がポツンと座っていた。

その元番頭が平伏して言うには、

「このような深夜に、ご無礼申し上げます。一刻も早うにご報告致したく、迷惑を省みず参った次第でございます」

「構わぬ。何があったか、ぜひ話してほしい」

前にドカリと座って幸四郎はせきたてた。

「はっ、五つ頃にお光が参りまして、少々話して帰ったのです。お光が申すには、支倉様のもとへ参るべきところ、お園様を一人にしておけんので、この七兵衛に代参してほしいと……」

「事情は分かった。それで？」

「はい、お園様から話が聞けたと……。お光に、何もかも喋ったそうでございます」

七兵衛は顔を赤く火照《ほて》らせ、一気に言った。

「それは手柄だ。よし、聞こう」


お光はこう語った――。

今夜寝しなに、私が、お園様の髪を梳《す》いておりますと、お嬢様はよほど思い詰めたのか、珍しくこう訊いたのです。

「今日、訪ねてきたお武家様は、お役人様でしょう。母様のことはもう終わったんじゃないの？」

「いえ、まだはっきりしない点があるようです」

と私は申し、いい機会なので、櫛を使いながら語りかけました。

あの事件の夜、お前様は、母様の近くで寝ておいでだったから、何かご存知のことがあるのではないか。もし誰にも言えないことがあるなら、胸に閉じ込めておかずに、ありのままに打ち明けてほしい。そうすればお前様も楽になるし、お役人様も決して悪いようにはしないと約束なさった……と。

「亡くなった母様もきっと、安心して成仏なさるでしょう」

するとお園様は、初めて……そう、この事件が起こって初めて、声を上げてお泣きになったのです。

「あたしは話したかった、でも誰も訊いてくれなかった。自分から言おうとすれば、言葉が喉の奥に隠れちゃって……」

私は泣きじゃくるお園様を抱きしめてやり、だんだんと、ゆっくりと話を聞き出しました。

くだくだしい言葉を省いて短く整理しますと、それはこのようなことだったのです。

あの夜ふけ、あたしはぐっすり眠っていた。

父様や番頭の佐平が、慌ただしく寝所に出入りする足音で起こされ、母様が泥酔して帰ったのを知ったのだ。蒲団の中で耳をすませていたが、そのうち騒ぎが治まったようで再び眠った。

次に目が覚めたのは、呻《うめ》き声を聞いたからだ。

「水、水……誰か……水を……」

ハッとして起き上がろうとした時、摺《す》り足で廊下を走っていく足音を聞いた。

（誰かが母様のそばにいる……）

そう思うと安堵した。奉公人の誰かが、介護してくれる。そう思って再びウトウトと眠るうち、夢の中に、唸りとも助けを呼ぶともつかぬ、恐ろしい苦悶の声を聞いたような気がした。

昔からあたしは母様にはなつかぬ娘だった。甘えたくても、いつもそばに、男の気配があったからだ。

何があっても子どもらしく詮索せず、胸の奥に秘め、ただ黙ってやり過ごす。そんな態度が身についた、ませた娘だった。

（これは夢だわ）

そう思い、ドキドキしながらじっと目を閉じていた。母様の部屋からあらぬ声が聞こえるのは、今夜に限らなかったからだ。

三度めは、女中の悲鳴で起こされた。

あたしは初めて飛び起き、母様の寝所の襖をガラリと開けた。

薄暗い部屋に踏み込んだ時、何とも言えぬ悪臭に混じって、一筋の光のような清らかな香りを感じとった。それが何だったか、一瞬で分かっていたように思う。

女中が開け放したまま居なくなった戸の隙間から、夜明けの光がさし込んで、蒲団の上に倒れている母様をぼんやり照らしていた。

周囲におびただしい吐瀉物が散っていたが、母様の顔だけはきれいだった。

「母様！　母様！」

死んでいる……母様が死んでいる……。

母様の顔の回りには、白い花が点々と散っていた。

鈴蘭だった。

とっさに茶箪笥の上を見やった。昨夜、そこに鈴蘭の花を飾っておいたはずが、花瓶はなく、急いで辺りを見回すと、少し離れた所に転がっているではないか。

(母様は、この鈴蘭の水を呑んだ？)

前日、お光が届けてくれた花束である。

花はどっさりあったから、三つの花瓶に分けて活け、一つを自分と弟の部屋に、一つを土蔵の二階の祖母様《ばばさま》に、もう一つをこの部屋に届けたのだ。

母様はお留守だったから、茶箪笥の上に飾った。

その母様は、ひどく酔ってお帰りだったから、この花にはお気づきではなかったと思う。なのに、この花瓶の水を呑んだらしいことが、微かに胸に引っ掛かった。

きっとひどく喉が乾き、暗い部屋の中を、手探りで水を探したのかもしれない。

「鈴蘭には毒があるから、気をつけて」

とお光に教わった時、あたしは問うた。

「こんな清らかな花にどうして毒があるの」

「その毒が、清らかさを守るのです」

とお光は答えたっけ。

でもまさか母様が、あの鈴蘭水を呑むなんて。あたしが花を飾りさえしなければ、母様は死なずに済んだのだ。

そう思うと胸苦しくて、息が詰まりそうだった。

ただ、薄明の中に白く浮き上がって見える母様の顔は、とても清らかに見えた。あたしはとっさに自分の部屋に戻り、飾ってあった鈴蘭をわし摑みにして来て、母様の遺体の上に夢中で散らした。

汚物にまみれた母様を清めるように、白く清らかな花を、顔の回りにも、体の上にも散らせた。母様の美しさを、この花が守っているように思えたのだ。

そんなところへ、祖母様が駆けつけて来たのだ。

祖母様は、鈴蘭に囲まれた母様の死体を見回し、そこに立ち竦む孫娘を見て、不吉な予感に絶句した。

すぐわれに返るや、目を吊り上げて問うた。

「お園、あんたか？」

あたしは怖くなって、ぶるぶると震えながら頭を横に振った。

祖母様は声をひそめ、ゆっくり問い直した。

「あんたやね？　あんたも浪花屋のおなごや、正直に言いなはれ。鈴蘭の水、呑ましたんか？」

「い、いえ……」

声が震え舌がもつれた。いろいろのことを話したいあまり、何も言葉にならず、ただ頭を振っていると、祖母様は何を思ったか、小さく頷いた。

「心配せんと、しゃっきりしてなはれ、うちがあんじょうするさかい。ただ誰にも言いなや、ええな、ええな。もし何か訊かれたら、母様が自分で呑んだと言いよし」

ええな、と祖母様は念を押し、電光石火の早さで部屋を掃除し、鈴蘭の痕跡をすっかり消してしまったのである。

あたしはお光の元へ預けられたが、いろいろな思いに苛《さいな》まれた。

祖母様は、このあたしを下手人と即断したようだった。

おそらく父親のことで、あたしが恨んでいると思ったのだろう。でもそんな誤解など、いずれ落ち着けば解けることだ。

問題は〝あんたが呑ましたんか〞という祖母様の言葉から、誰かが母様に水を呑ませたかもしれない、という疑いが生じたことだ。母様を死なせた〝誰か〞がいるのだと。

寄り合いから泥酔して帰ってきた母様が、夜中に乾きで目覚めても、茶簞笥の上の花瓶に気づくとは思えない。

考えれば考えるほど、そうは思えないのだ。

誰か、その水を呑ました者がいたのではないか。呑ました後、母様が誤って呑んだように見せかけた者が……。

あの明け方、廊下を摺り足で通って行った男が誰か、あたしは知っている。一番番頭の七兵衛が辞めてから、お部屋に夜な夜な通っていく摺るような足音は、二番番頭の佐平のものだと。

かれは帰る前に家の戸締まりをするが、その時渡り廊下の手前の戸の鍵を外しておく。いったん帰ってから、改めて入るために。

あの夜、佐平はそのようにして再びこっそり家に戻って、どこかに潜んでいたのだ。

母様が水、水……と苦しむのを聞いて駆けつけ、とっさに鈴蘭水を呑ませた。かれは鈴蘭が届いた時、店にいたのだから。

そうあたしは思ったけど、誰にも言えなかった。口から出せば、妄想でも真実になってしまう。それが怖い。それを、ずっと胸の奥にしまっておこうと思った。誰かに問われるまで。胸の中で腐って消えてしまうまで。

その夜のうちに、佐平の住む裏店に捕方を張り込ませた。

翌七日の朝、浪花屋に出勤しようとした佐平を、下役の田淵が連行した。まさに逃げる算段をしていた佐平は、観念してお縄を頂戴し、犯行を自白した。

水、水……と胸をはだけて苦しむ内儀を介抱するうち、箪笥の上で芳香を放つ鈴蘭に気づき、ふと犯行が閃いたのだと。

死体のそばに花瓶が転がり、鈴蘭の花が散らばっていれば、人は考えるだろう。泥酔して水を欲したお登世が、誤って鈴蘭水を呑んだ……と。

大野村の農家に生まれ育ったかれは、野に咲く鈴蘭の毒性を、いつか自然に知っていたのである。

自身は通いだったたし、内儀との関係はまだ知られていなかったから、誰に疑われるはずもない。

大内儀のお稲が、孫娘のしわざと誤解するなどとは、かれ自身予想もしなかった。

佐平は、美人内儀の夜のお相手を何度かつとめ、有頂天になっていた。ところがお登世にしてみれば、この番頭を辞めさせる前に、少し遊んでみたかっただけのことである。

クビを宣告されて衝撃を受けていたところへ、長次郎にしどけなく抱かれて帰宅した姿を見て、カッと頭に血が上ったのだった。

七

「ふーむ、女系三代の因果とは……」

小出前奉行は、さすがに溜め息を漏らした。

その後のお稲の告白によれば、市蔵はあの夜は土蔵にいたという。

だが娘登世の死を知らされ、状況から孫娘の犯行と思い込んだお稲は、渾身《こんしん》の知恵をふるって策を巡らした。

この孫娘を救わなければ、我が家系は絶えてしまうのだ。

そこで市蔵を下手人に仕立てて、逃がすことを考えた。かれが居なければ、お園に向かう疑惑の目を、市蔵が背負ってくれる。後は鈴蘭さえ始末してしまえば、我が家は安泰だ……。

お稲は市蔵に大枚を渡し、出来るだけ遠くへ逃げてくれるよう因果を含めたのだ。

幸四郎が持参した鈴蘭の鉢が、すぐ目の前にある。

「私は今まで、この鈴蘭という花を見たことがなかった」

じっとその白い花に目を注いで、小出は言った。

「まして毒があるなどとは知らなかった。こんな可憐な花が、事件の鍵となるとはのう」

「蛇足ですが、この事件で最も得したのは市蔵でしょうな」

と幸四郎が続けた。

「今まで大蛇に巻き付かれていたのが、路銀まで貰って自由の身になったのですから。今頃どこかで羽を伸ばしていますよ」

「なるほど、それもそうだ」

小出は含み笑いをした。

「浪花屋は今後どうなるのだ」

「あの七兵衛が入り、店を立て直すそうですよ」

小出は頷いた。まさに鈴蘭の花が、すべてを浄化したのである。一人の女を殺めた毒花が、もう一人の女の心を救ったとも言える。

「あの娘は、母親や祖母には似ていません。いずれ、蝦夷の女になっていくことでしょう……」

いささか舌足らずな言い方だが、小出は真意を分かったように頷いた。

「いや、それにしても大儀だった。短い刻限にあれこれ重なって、大変だったろう。そなたらがこの箱館にいてくれるから、私は心置きなく江戸に帰れる」

そう最大限にねぎらって、口許をゆるめた。

「蝦夷は、もっともっと開拓されよう……」

言いかけて口をつぐみ、遠くを見る目になった。

その目の先には、一人の女の死体を埋めつくして咲く鈴蘭の大地が、遥かに広がっているように幸四郎は想像した。幾つもの命を呑み込んで、この大地は拓かれていくのだと。

沈黙になった。

静寂と甘い鈴蘭の香りが、部屋を満たしていた。

障子を開け放した中庭から、シシオドシの音が聞こえてくる。やや長い沈黙の後に、幸四郎は上目使いに小出を見て言った。

「まずは道中の無事を祈ります。そして江戸におかれては、必ずや本懐を遂げられんことを……」

「ふむ」

小出は物思いから覚めたように、大きく頷いた。

「また会うこともあろう。私が江戸に着く時分には、西では長州との戦が始まる。いずれ日本中が騒乱に巻き込まれようが、そなたらは心して蝦夷地の平安を守れ。われらの志は、捨て石となることだと考えている」

それが、小出から贈られた最後の言葉だった。

小出大和守はまさに出帆前夜まで、かつての部下達を宿所に呼び、惜しみなく仕事上の助言を与え続けた。

そして五月十四日朝、奉行所の洋式帆船健順《けんじゅん》丸《まる》で、鈴蘭の花の咲き乱れる箱館を後にした。

十四日朝。

暗い未明の空に雲はなく、美しい五月晴れを予感させるものだった。

朝もや漂う沖に停泊していた健順丸が、日の出とともに動きだすのを待って、幸四郎は馬の首を軽く叩いた。

乗客は昨夜のうちに乗船し、別れはその時に済んでいる。だが岩壁にはなお、別れを惜しむ人々が集っていた。

「行くぞ……」

弁天御台場までまっすぐ続く湾岸通りを、跑足でゆっくりと進み始める。海風は微風だが、まだ早朝でひんやりと冷たく、肌を心地よく引き締める。

片手は手綱を、片手は凧《たこ》の糸を握っていた。

大凧を持つのは、背後を馬でついてくる従者与一だった。

「放しますよ、それッ！」

与一が叫び、それまで両手で押さえていた凧を手放す。

大きな凧はフワリと宙に舞い上がった。

幸四郎は、凧揚げの腕には自信があるのだ。思えば少年の頃、正月の遊びといえば凧揚げばかりだった。

「糸を引っぱり過ぎるな」

「凧をつかめ」

年長の友人たちにそう叩き込まれ、グイッと引いては糸を緩め、失速しかかるとまた糸を引く。そんな緩急《かんきゅう》のコツが、いつしか身についていた。

おかげで大川端での凧揚げ大会に何度も優勝した。凧揚げ名人と呼ばれるのが少年には誇らしく、大川の土手を、よく風を追って夢中で走ったものなのだ。

だが今日の風は弱く、ともすれば凧はヒラヒラと落ちそうになる。

幸四郎は懸命に糸を引き、風を作った。馬を走らせたり止めたりするうち、汗ばんで、頰が真っ赤に火照っていた。

凧はその風を受けて、やっと五月の空高く揚がった。

この絶妙な平衡を崩すまいと、糸を調節しながら馬を進める。

闇が少しずつ明るみ、輝きを増し始めた曙光を浴びて、船は穏やかな湾をゆっくり滑っていく。

その甲板に出て、箱館の最後の景色を惜しむ人々の姿が、豆粒より少し大きく見えていた。

その中に、小出前奉行の姿もあるに違いない。かれはいつも携帯していた遠眼鏡で、きっと見ているはずだった。

であればこの凧は、必ずや御目に止まっているだろう。

だが片手で懸命に凧の糸を引きつつ、片手で馬の手綱を持ち、湾岸を駆ける男の姿は、見えているだろうか。あまりに目出たくて視野には入らないのではないか。

いやいや、あの小出のことだ、最後にひと泡吹かせてやろうとのこちらの魂胆など、とうにお見通しに違いない。

幸四郎の背後には、バラバラと数騎が続いて追って来ていた。

「最後は凧揚げで、お奉行を送ろうじゃないか」

と皆に声をかけたのが功を奏したらしく、てんでに奴凧や武者凧を持ち出して来て、巧みに揚げている。

中でもひときわ大きいのは、幸四郎の凧だった。

凧は磯六に作らせたが、絵を描いてもらったのは、かの蝦夷絵で名を上げた絵師平《ひら》沢《さわ》屏《びょう》山《ざん》である。アイヌ絵を専門に描く屏山に、戯《ざ》れ絵を描いてほしいと頼んだところ、へそ曲がりのかれはすぐには首を縦に振らなかった。

だが事情を説明し簡単な絵柄を提案すると、ひどく面白がって、珍しくその日のうちに描いてくれたのである。

絵柄は紅白、金箔、黒を使っての〝閻《えん》魔《ま》大王《だいおう》〟だった。

これにはちょっとした裏話があった。

幸四郎が赴任してきた翌年の凍《しば》れる節分の夜、残業続きでくたびれた同僚たちと、カッヘル（ストーブ）を囲んで雑談するうち、ご他聞に漏れず誰からともなく愚痴になった。

「ここまでまとめたのにやり直しとは、いささか厳しい……」

「自分でやってみれッてんですよね」

「鬼ですよ、あのお方は」

「いやいや、鬼じゃなく閻魔大王ですな」

日頃から小出は、情報収集に長《た》けていた。いつも皆が苦労して集めた情報の、一、二歩先を行っていたため、〝地獄耳〟と言われていたのである。

するといつの一人が、小出の声音を使って、

「これ、おぬしら、怠けておるとエンマ帳につけるぞよ」

と言った。

それがあまりに小出にそっくりだったので、皆笑い転げた。そのとたん、背後でコホンと咳払いが聞こえたのだ。

ギョッとして振り向くと、この廊下を通り掛かるはずもない小出が、何故かたまた

ま通っていくところだった。

　一同は青くなって静まり返り、顔を見合わせた。

「な、何故、こんな所へお出ましあるか？」

「そこがそれ、〝地獄耳〟のしからしむるところだ」

「やっぱり閻魔だ」

　もしかしたらあの時、小出は皆に喝《かつ》を入れに来たのではなかろうか、と幸四郎は思う。だが皆が笑い騒いでいたので、出番を失って引き返したのでは……。

　その話を聞いた屛山は、大笑いしてすぐに引き受けた。

　写実の絵師は、大きな六角凧の真ん中に閻魔大王の顔枠を描き、その顔を持ち前の描写の腕で、眉太く、端正に、小出そっくりに描いたのである。

　それは誰が見ても小出と分かった。その図柄は単純で青空によく映えたから、船からはよく見えていることだろう。

　船から一斉に声が上がり、誰が振るのか、白い布が朝日に眩しくひらめいた。

　幸四郎は御台場の手前まで行き着くと、手綱を引き締めて方向を変え、山側の道に回り込む。ここから山背泊《やませどまり》の海沿いの道まで、人家の並ぶ漁師町を横切るのだ。

　町はとうに起きていて、獲れたてのイカや魚を売り歩く棒手振《ぼてふ》りを、呼び止める主婦らがいた。朝っぱらから凧を揚げて駆け抜ける奇妙な男達の一団を、皆は好奇な目で振り返った。

町を抜けると、箱館山西麓に沿って砂浜が続く。

押付浜《おつけのはま》である。

この上の丘には押付台場があって、湾を挟んだ対岸にある矢不来《やふらい》台場と向き合っていた。

昆布が打ち上げられたその磯くさい浜には、すでに空高く凧が舞っていた。幸四郎の誘いに応じた押付番所の番役人や、旧奉行所の役宅に住む役人達が、せめて船を見送るために集まっていたのだ。

その数、二十人近くに及んだろう。

幸四郎らも馬を飛び下り、すぐにその群れに加わった。

やがて弁天岬の沖を回り込んだ健順丸が、視界にゆっくり入ってきた。船はやや海岸寄りに、滑ってくる。

遠眼鏡を携帯してきている同僚がいて、声を上げた。

「や、舳先《へさき》におられるのはお奉行ではないか。お奉行だ、こちらに手を振って笑っておられるぞ！」

「……閻魔大王が笑ったか」

幸四郎が思わず言うと、こぶしを目に当てる者がいた。

遠眼鏡が幸四郎の手に渡ってきたが、無言で押し返した。

涙で目がかき曇り、どうせ何も見えやしない。かれの目にはとうに、めったに大笑いなどすることのない小出が、腹を抱えて呵々大笑《かかたいしよう》する姿が、ありありと見えていたのだ。

一同は糸を手繰《たぐ》りながら砂浜を走り、船を追った。

皆、お奉行お奉行と口々に叫んでいた。

「お奉行、お達者で……」

「……また来てくだされよ」

「さらば、さらば……」

別れを惜しむそんな声の中、船はゆっくり遠ざかり、箱館山の裏側へと回り込んでいく。

これから海峡へと船は乗り出し、一路、津軽を目指す。

もう船影は見えなくなっても、凧は空に舞っていた。

支倉幸四郎にとって、これが前箱館奉行小出大和守との、最後の別れとなった。

あとがき

箱館は諜報都市だった？

諜報活動とは、表舞台に出てくる性質のものではない。むしろその痕跡は抹殺され、時の彼方へ消え去ってしまうが、いつの世も水面下では、密偵が想像を超えて暗躍していたようだ。

たとえば、幕末に駐日したイギリス外交官の回想録を読むと、この国での覇権を争うイギリスとフランスは、互いに密偵を通じて相手を探りまくり、一歩たりとも遅れを取らぬようチェックしていたという。

当時の箱館はどうだったか？

安政元年にバタバタと開港され、北の玄関口としてさまざまな異人達が往来し、北の国防の要衝《ようしよう》となったこの町が、そうした諜報戦争の一舞台となったことは、想像に難《かた》くない。

しかし北の前線基地とはいえ、それまで人外境と思われていた蝦夷地のこと。外敵への備えはかなりお粗末だったから、何か騒ぎを起こそうと企む者がいたとすれば、楽に出来たのではないだろうか。

開港まで箱館を支配していた松前藩は、町を囲む沿岸に何か所もの台場を造り、大砲を据えてはいた。だが火縄銃の口径を大きくしただけのような、恐ろしく旧式な和製大砲だったようだ。

（さすがにこれは恥ずかしい）

と初代奉行たちは肩身が狭く、異人が上陸する時などは、この大砲を布で覆い隠していたという。こんな旧弊な防備を見られては、国防上もさぞやマイナスだっただろう。

箱館には今後、近代装備を整えた外国の軍艦がどんどん入ってくる。そこで初代奉行堀織部正は、立待岬、弁天、山背泊など七つの台場に、洋式砲台を築くことを幕府に進言した。

だが認められたのは、湾の入り口にある〝弁天砲台〟だけ。

おまけにその完成は、七年先だった。

奉行所庁舎も砲弾の届かぬ内陸に移され、完成の暁には、堅牢な〝五稜郭城塞〟に囲まれて任務を全うするはず……。が、この工事も〝七年がかり〟で、八分どおりの仕上りで急ぎ移転したのは、幕府崩壊の四年前だった。

国防が隙だらけの分だけ、市中の諜報活動に力を入れたものか、町には奉行所の放った密偵がウヨウヨしており、何かあればすぐ物見高く集まってくる群衆の半分は密偵だった……と当時の駐日外国人が書き記している。

この辺境の地を護る歴代奉行たちが、北からの脅威と手薄な国防に、ずいぶん苦労したことが窺える。

そんなわけでこの四巻は、〝箱館は諜報都市だった〟というテーゼのもと、実際にどういうことが起こり得たか、あれこれ想像を逞しくしながら書き進めた。

この巻を最後に、小出大和守は江戸に帰る。

その後任として登場する杉浦兵庫頭は、エリート小出とは真逆の、牛歩でここまで出世した叩き上げの幕臣だったが、奉行所の最後にあたって、思いがけぬ硬骨な一面を見せた人である。

次巻ではいよいよ、箱館は火の海に包まれることになる。

箱館奉行所がどのような最後を迎えたか、知らない人が多いのではないか。私も調べてみるまで、全く知らなかった一人だ。

その後に幕末の〝有名人〟である榎本武揚《えのもとたけあき》や土方歳三《ひじかたとしぞう》が海を渡ってきて、徳川時代のフィナーレ箱館戦争に突入する。その陰には杉浦奉行のような、無名の人々の奮闘も多々あったことを、そこに記してみたい。

時代小説

二見時代小説文庫

幕命《ばくめい》奉《たてまつ》らず　箱館奉行所始末《はこだてぶぎょうしょしまつ》4

著者　森《もり》 真沙子《まさこ》

発行所　株式会社 二見書房
東京都千代田区三崎町二-一八-一一
電話　〇三-三五一五-二三一一［営業］
　　　〇三-三五一五-二三一三［編集］
振替　〇〇一七〇-四-二六三九

印刷　株式会社 堀内印刷所
製本　ナショナル製本協同組合

落丁・乱丁本はお取り替えいたします。
定価は、カバーに表示してあります。

ISBN978-4-576-15110-6
http://www.futami.co.jp/

箱館奉行所始末　異人館の犯罪

森 真沙子［著］

元治元年（一八六四年）、支倉幸四郎は箱館奉行所調役として五稜郭へ赴任した。異国情緒溢れる街は犯罪の巣でもあった！　幕末秘史を駆使して描く新シリーズ第1弾！

小出《こいで》大和守《やまとのかみ》の秘命　箱館奉行所始末2

森 真沙子［著］

慶応二年一月八日未明。七年の歳月をかけた日本初の洋式城塞五稜郭。その庫が炎上した。一体、誰が？　何の目的で？　調役、支倉幸四郎の密かな探索が始まった！

密命狩り　箱館奉行所始末3

森 真沙子［著］

樺太《カラフト》アイヌと蝦夷《えぞ》アイヌを結託させ戦乱発生を策すロシアの謀略情報を入手した奉行小出は、直ちに非情なる命令を発した……。著者渾身の北方のレクイエム！

日本橋物語　蜻蛉屋お瑛

森 真沙子［著］

この世には愛情だけではどうにもならぬ事がある。土一升金一升の日本橋で店を張る美人女将お瑛が遭遇する六つの謎と事件の行方……。心にしみる本格時代小説

迷い蛍　日本橋物語2

森 真沙子［著］

御政道批判の罪で捕縛された幼馴染みを救うべく蜻蛉屋の美人女将お瑛の奔走が始まった。美しい江戸の四季を背景に、人の情と絆を細やかな筆致で描く第2弾

まどい花　日本橋物語3

森 真沙子［著］

〝わかっていても別れられない〟女と男のどうしようもない関係が事件を起こす。お瑛を捲き込む新たな難題と謎。豊かな叙情と推理で男と女の危うさを描く第3弾

冬螢 日本橋物語10

森 真沙子［著］

天保の改革で吹き荒れる不況風。繁栄日本一の日本橋もその例に洩れず、お瑛も青色吐息の毎日だが…。賑わいを取り戻す方法は!? 江戸下町っ子の人情と知恵!

朱鞘《あかさや》の大刀 見倒屋鬼助《みたおしやきすけ》 事件控1

喜安幸夫［著］

浅野内匠頭の事件で職を失った喜助は、夜逃げの家へ駆けつけて家財を二束三文で買い叩く「見倒屋」の仕事を手伝うことになる。喜助あらため鬼助の痛快シリーズ第1弾

隠れ岡っ引 見倒屋鬼助 事件控2

喜安幸夫［著］

鬼助は浅野家家臣・堀部安兵衛から剣術の手ほどきを受けた遣《つか》い手の中間《ちゅうげん》でもあった。「隠れ岡っ引」となった鬼助は、生かしておけぬ連中の成敗に力を貸すことに…。

濡れ衣晴らし 見倒屋鬼助 事件控3

喜安幸夫［著］

老舗料亭の庖丁人と仲居が店の金百両を持って駆落ち。探索を命じられた鬼助は、それが単純な駆落ちではないことを知る。彼らを嵌めた悪い奴らがいる…鬼助の木刀が唸る!

百日髷《まげ》の剣客 見倒屋鬼助 事件控4

喜安幸夫［著］

喧嘩を見事にさばいて見せた百日髷の謎の浪人者。その正体は、天下の剣客堀部安兵衛という噂が。奇縁によって鬼助はその浪人と共に悪人退治にのりだすことに!

世直し隠し剣 婿殿は山同心1

氷月 葵［著］

八丁堀同心の三男坊・禎次郎は婿養子に入り、吟味方下役をしていたが、上野の山同心への出向を命じられた。初出仕の日、お山で百姓風の奇妙な二人組が……。

七福神斬り 居眠り同心 影御用13

早見俊［著］

元普請奉行が殺害され亡骸には奇妙な細工！ 向島七福神巡りの名所で連続する不思議な殺人事件。父源之助と新任同心の息子源太郎よる「親子御用」が始まった。

名門斬り 居眠り同心 影御用14

早見俊［著］

身を持ち崩した名門旗本の御曹司を連れ戻すという単純な依頼には、一筋縄ではいかぬ深い陰謀が秘められていた。事態は思わぬ展開へ！ 同心父子にも危険が迫る！

闇の狐狩り 居眠り同心 影御用15

早見俊［著］

碁を打った帰り道、四人の黒覆面の侍たちに斬りかかられた源之助。翌朝、なんと四人のうちのひとりが、寺社奉行の用人と称して秘密の御用を依頼してきた。

悪手《あくしゅ》斬り 居眠り同心 影御用16

早見俊［著］

例繰方《れいくりかた》与力の影御用、配下の同心が溺死した件を内密に調査してほしいという。一方、伝馬町の牢の盗賊が本物か調べるべく、岡っ引京次は捨て身の潜入を試みる。

無法許さじ 居眠り同心 影御用17

早見俊［著］

火盗改の頭から内密の探索を依頼された源之助。火盗改密偵三人の謎の死の真相を探ってほしいというのである。〝往生堀〟という無法地帯が浮かんできたが…。

与力・仏《ほとけ》の重蔵 情けの剣

藤水名子［著］

続いて見つかった惨殺死体の身元はかつての盗賊一味だった。鬼より怖い凄腕与力がなぜ〝仏〟と呼ばれる？ 男の生き様の極北、時代小説に新たなヒーロー登場！

密偵《いぬ》がいる　与力・仏の重蔵2
藤水名子［著］

相次ぐ町娘の突然の失踪…かどわかしか駆け落ちか？手がかりもなく、手詰まりに焦る重蔵の乾坤一擲の勝負の一手！〝仏〟と呼ばれる与力の、悪を決して許さぬ戦い！

奉行闇討ち　与力・仏の重蔵3
藤水名子［著］

腕利きの用心棒たちと頑丈な錠前にもかかわらず、千両箱を盗み出す〝霞小僧〟にさすがの〝仏〟の重蔵もなす術がなかった。そんな折、町奉行矢部定謙が刺客に襲われ…

修《しゅ》羅《ら》の剣　与力・仏の重蔵4
藤水名子［著］

江戸で夜鷹殺しが続く中、重蔵は密偵を囮に下手人を挙げるのだが、その裏にはある陰謀が！闇に蠢く悪の所業を、心を明かさぬ仏の重蔵の剣が両断する！

鬼神の微笑　与力・仏の重蔵5
藤水名子［著］

大店の主が殺される事件が続く中、戸部重蔵の前に火盗の密偵だと名乗る色気たっぷりの年増女が現れる。商家の主殺しと女密偵の謎を、重蔵は解けるのか⁉

北瞑の大地　八丁堀・地蔵橋留書1
浅黄斑［著］

蔵に閉じ込めた犯人はいかにして姿を消したのか？岡っ引き喜平と同心鈴鹿、その子蘭三郎が密室の謎に迫る！捕物帳と本格推理の結合を目ざす記念碑的新シリーズ！

天《あま》満月《みつつき》夜《よ》の怪事《ケチ》　八丁堀・地蔵橋留書2
浅黄斑［著］

江戸中の武士、町人が待ち望む仲秋の名月。その夜、惨劇は起こった……！時代小説に本格推理の新風を吹き込んだ！鈴鹿蘭三郎が謎に挑む、シリーズ第2弾！